# 여백으로부터 글쓰기

Out of Silence, Sound. Out of Nothing, Something

# 여백으로부터 글쓰기

비우고 다시 써나가는
자기만의 글

수잔 그리펀 지음
신예용 옮김

*Out of Silence, Sound. Out of Nothing, Something.*

상상스퀘어

OUT OF SILENCE, SOUND. OUT OF NOTHING,
SOMETHING

Korean translation rights ⓒ 2024 SangSangSquare
Published by special arrangement with Counterpoint Press, an imprint of Catapult, LLC
in conjunction with their duly appointed agent 2 Seas Literary and co-agent EYA Co.,Ltd.

나의 양부모님,

내게 말로 다 못할 사랑을 주신

교육자이자 예술가인

제럴딘과 모튼 다이먼스테인Geraldine and Morton Dimondstein을

기억하며

# 목차

*Out of Silence, Sound.*

*Something.*

Out of Nothing,

# 자기만의 것을 만들어라

《여백으로부터 글쓰기》의 밑바탕에 깔린 기본 전제가 있다면, 인간은 누구나 창조적이라는 생각이다. 창조성이 우리 모두 타고난 권리라는 믿음은 나 혼자만의 생각은 아니다. 그러나 선천적으로 창조적인 존재가 인간만은 아니다. 우리는 창조적인 우주에 살고 있다.

생각해보라. 잉태와 탄생, 돌연변이와 변형 같은 현상이 주변에서 너무 자주 일어나기 때문에 우리는 창조를 당연하게 여긴다. 수천 년 넘도록 봄마다 어린 다람쥐나 어치, 장미 꽃봉오리와 매화가 보이고, 새로운 종류의 딱정벌레나 거북이, 바이러스가 출현한다. 무성한 초록빛 풍경이 눈앞에서 서서히 갈색으로 변하거나 구름이 비를 뿌리거나 서서히 녹아내리면서, 지는 해가 붉게 물든다. 우리가 마주하는 자연은 하나같이 끊임없는 변화에 참여하며, 진화와 기후 변화를 포함한 모든 자연 현상은 궁극적으로 창조적이다.

그러나 이런 현상이 아무리 자주 일어나고 친숙하더라도 창조성, 특히 창조적인 글쓰기는 현실적으로 가르칠 수 없다고들 한다. 허나 나는 그렇게 생각하지 않는다. 글 쓰는 방법을 알려주는 좋은 책이 많 긴 하지만 문학을 동경하면서도 직접 글을 써보지 않은 이들이 주로 선택하는 비효율적인 접근과 교육 방식을 취한 책들이 있는 것도 사 실이다. 의도는 좋더라도 직접적인 경험이 부족한 강사는 문학 창작보 다는 회사 생활이나 군대식 훈련에 더 적합한 방법을 남발하곤 한다.

이 책은 독자들을 글쓰기 과정으로 안내하기 위해 쓰였다. 이 책 에는 친절하고 부드러운 접근 방식을 적용했는데, 내가 50년 넘게 작가들과 글쓰기를 희망하는 사람들을 가르치면서 채택한 방식이 다. 인간의 독창성에 대한 한결같은 믿음을 바탕으로, 소설이든 논 픽션이든, 산문이든 시든, 독자들이 문학작품을 창작하는 데 필요 한 여러 단계를 파악하도록 돕기 위해 각 장을 구성했다.

하나하나의 장은 짧다. 장 사이의 공백은 앞서 나온 지침을 흡 수하고 묵상하는 데 필요한 시간을 의미한다. 이 책의 각 장은 처 음부터 끝까지 글쓰기 과정을 밟는 가상의 연대기에 따라 배열되 었지만, 항상 이 순서를 따르지는 않는다. 1부 〈시작하기 전Before the Beginning〉에서는 창작 작업에 앞서 아이디어와 이미지, 플롯, 또는 길

잃은 단어가 발전하는 모호한 과정을 설명하고 독자들을 격려한다. 2부 〈글쓰기Writing〉에는 내가 그동안 여러 세대를 가르치고 여러 권의 책을 쓰면서 학생들에게 얻은 지식과 글쓰기 방법에 대한 다양한 교훈을 담았다. 마지막으로 3부 〈끝을 향한 여정The Means to an End〉에서는 글 쓰는 사람이 온전하고 올바른 결말을 찾도록 돕는 것이 목표다.

이 책은 다른 책처럼 처음부터 끝까지 읽어도 좋고 원하거나 필요한 부분만 읽어도 좋다. 글쓰기와 마찬가지로 독서 역시 창조적인 경험이기 때문이다. 그러므로 이 책을 읽는 방식에서도 자기만의 것을 찾아보기 바란다.

천지는 이름 없는 것에서 시작된다.
이름은 세상 만물의 어머니다.

-노자Lao Tzu, 《도덕경 The Tao Te Ching》(어슐러 르 귄Ursula K. Le Guin 옮김)에서.

Out of Silence. Sound. Out of Nothing. Something.

# 1부
## 시작하기 전

# 침묵

이런 상상을 해보라. 우리가 잘 알고 있는 모든 이야기, 시나 연극에서 외운 모든 대사, 우리의 집단적 상상력을 형성한 모든 문학 작품은 한때 존재하지 않았다. 존 던<sup>John Donne</sup>의 시에 나오는 강렬한 첫 줄 "인간은 섬이 아니다"이든, 토니 모리슨<sup>Toni Morrison</sup>의 소설《빌러브드<sup>Beloved</sup>》의 핵심인 유령 이야기든, 토머스 제퍼슨<sup>Thomas Jefferson</sup>이 독립선언서에 담은 유명한 구절 "우리는 다음과 같은 진리를 자명한 사실로 받아들인다"이든, 지금 우리에게 너무나 익숙한 말들 역시 하나같이 아직 기록되지 않았던 시절이 있었다. 오늘날 단어의 소리가 있는 곳에, 한때 침묵이 있었다.

# 신비

무에서 유를 창조하는, 그 형언하기 어려운 마법, 창조의 기적이 전 세계에서 단 한 번이 아니라 몇 번이고 반복되고 있다. 이 마법 같은 일은 자주 일어나긴 하지만 결코 평범해 보이지는 않는다.

예측 가능한 과정도 아니다. 가치 있는 무언가를 만들어내려면 결심과 수용 사이의 비좁은 다리를 오가야 한다. 몇 마디의 단어, 이미지와 줄거리의 전환, 화자가 말하는 방식 등 무엇이 나올지도 완벽히 통제할 수는 없다. 어차피 무엇이 올지 정확히 안다면 새롭지 않을 것이다. 그러나 기틀을 마련할 수는 있다.

# 나는 어떻게
# 글쓰기를 배웠는가?

나는 하룻밤 사이에 갑자기 글쓰기를 배운 것이 아니다. 기억으로는 열 살무렵 처음 글을 쓰려고 해보았다. 그때 나는 할아버지 할머니 댁의 뒷방, 내 방으로 정해진 복숭아색 벽의 방에 혼자 있었다. 내가 쓰던 싱글 베드는 맞은편 벽에 놓인 할머니의 재봉틀을 마주하는 방향으로 벽에 대고 놓여 있었다. 방에 할머니가 바느질할 때 사용하던 의자가 있긴 했지만 의자에 앉은 적은 없다. 글을 쓰거나 쓰려고 할 때(또는 글에 대해 생각할 때)면 바닥에 앉아, 두껍고 좁은 직사각형 종이에 힘겹게 단어를 인쇄하며 인쇄용지의 글씨가 번지게 하는 쪽을 더 좋아했기 때문이다. (모두에게 밝힌) 내 뚜렷한 목표는 소설 쓰기였다.

분명 쓸 거리는 차고 넘쳤다. 내 직계 가족은 엄마가 계속 술에 중독되어 있었던 탓에 갈기갈기 찢어졌다. 엄마는 동네의 한 남자와 바람을 피웠지만, 술을 마시기 시작한 건 그보다 몇 년 전이었다. 부모님이 이혼하자 우리 가족은 각자 떨어지게 되었다. 언니는 북쪽으로 965m 떨어진 큰 할머니 댁으로, 아버지는 노스할리우드의 허름한 독신자 아파트로, 어머니는 샌퍼낸도 밸리의 작은 방으로, 나는 로스앤젤레스의 외가댁으로 갔다.

내 가족사는 파란만장하고, 고통과 상실로 가득 차 있다. 그러나 1953년, 열 살이 되던 해에는 이 이야기를 입 밖으로 꺼낼 엄두를 내지 못했다. 가족이나 주변 사람들의 무거운 침묵 속에서 부모님의 이혼과 엄마의 알코올의존증이 부끄러운 일이라는 점을 눈치챘기 때문이다. 어쨌든 나는 좀 더 영웅적인 목표를 꿈꾸었다.

당시 인기를 끌던 작품(《나자와 사자The Naked Dead》와 《지상에서 영원으로From Here to Eternity》를 생각하면 된다)에서 배운 바에 따르면 어떻게든 소설에 전쟁과 군인이 나와야 했다. 그래서 나는 전쟁과 군인이 나오는 글을 쓰기로 했다. 한 군인이 등장하고 그를 사랑하는 여자가 그가 돌아오길 기다리는 내용이었다. 문제는 내가 상실을 제외하고는 전쟁에 대해 거의 아는 게 없다는 점이었다. 어떻게 조사를 해야 할지도 전혀 몰랐다. 그보다 더 큰 문제는 의욕만 있을 뿐 주제에 전혀 관심이 없었다는 것이다. 그러다 보니 글쓰기가 작은 물줄기를 뿜어내기도 전에 우물이 완전히 말라버렸다.

그러나 나는 글쓰기를 배우고 있었다.

# 관심 기울이기

**나는 영감을 불러낼 수 없다. 내가 부름을 받을 뿐이다.**

- P.L 트래버스<sup>P.L Travers</sup>, 《메리 포핀스<sup>Mary Poppins</sup>》에서.

백지라는 생각만 해도 막막하고 두려워 한 글자도 쓰지 못할 수 있다. 그러나 다행히도 작가는 대체로 백지에서 시작하지 않는다. 몇 가지 예외를 제외하면 백지는 대개 창작 과정의 후반부, 즉 어려운 과제를 맞이할 준비가 더 잘 되어 있을 때 등장한다.

소설이든 논픽션이든, 희곡이든 에세이든, 대부분 문학작품은 훨씬 덜 발달된 형태로 모습을 드러낸다. 즉 열띠고 무슨 말인지 알 수 없으며 정리되지 않고 어떤 식으로든 다듬어지지 않는 상태. 원형에 가까운 이 상태에서 어떤 시작을 찾으려면 스쳐 지나가는 생각에 주의를 기울이거나, 다른 식으로 말하면 자신이 주의하는 것에 주의를 기울이는 법을 알아야 한다.

당신의 생각은 어디로 표류하고 있는가?

무잇에 계속 관심이 가는가?

방금 개봉한 영화를 보거나 방금 나온 책을 읽어야겠다고 서두르게 만드는 주제는 무엇인가?

어떤 아이디어나 어떤 장소, 어떤 사람, 어떤 사건이 언급되거나 암시될 때 의욕이 생기고 심장이 좀 더 빨리 뛰고 에너지가 충만해지는가?

이 과정은 종종 미지의 영역을 발견하라는 부름을 받는 듯하다. 그 영역은 관심을 끄는 주제 안에 숨어 있든 내면에 숨어 있든, 거의 만질 수 있을 듯하나 붙잡을 수 없고, 숨겨진 의미로 가득하다.

부름을 받는 과정은 다소 불길하게 시작할 수도 있다. 예를 들어, 이웃집 현관 조명이 밤에 항상 켜 있는데 이틀 연달아 새벽 3시에 계단에 앉아 있는 젊은 남자가 보인다고 해보자. 시간이 지나면서 이런 관찰이 하나의 이야기로 변신하게 된다. 또는 누구도 나만큼 관심이 없어 보이는 사소한 정치적 문제에 대한 예감이나 색다른 생각이 떠오를 수도 있고, 이 생각을 버리려 노력했는데도 계속 관심이 갈 수도 있다.

이렇게 조금씩 자신의 주장을 어떤 형태로 만들어가는 것이다. 이 과정은 강렬한 꿈으로 시작할 수도 있다. 또는 굴을 성가시게 하는 모래 알갱이처럼 머릿속에 맴돈다는 점을 제외하면 그저 무의미한 관찰처럼 느껴질 수도 있다(관찰의 결과가 진주가 되기를 바란다). 아니면 어렸을 때 들었던 이야기가 어렴풋이 기억에만 남아 있다가 어느 날 갑자기 새로운 깨달음과 함께 수면 위로 떠오를 수도 있다. 아니면 또 다른 무언가를 찾다가 우연히 접하게 된 이야기는 아닐까? 그것도 아니라면 유명인이나 영화, 소설이나 그림에 푹 빠져 있을 수도 있다(제인 오스틴Jane Austen의 《오만과 편견Pride and Prejudice》이나 빌리 와일더Billy

Wilder의 《선셋 대로Sunset Boulevard》와 같은 과거 작품에서 영감을 받은 책과 영화, 이야기나 시가 한 편 이상 있다). 어쩌면 마음을 움직이는 것은 단순히 기억이 아니라, 차 한 잔에 찍어 먹는 마들렌처럼 특별한 쿠키의 맛 같은 감각일 수도 있다.

그런데 레이니 고모가 나에게 준, 보리수 꽃을 달인 물에 담근 마들렌 조각의 맛임을 알아차리자 (아직 이 기억이 왜 나를 그렇게 행복하게 했는지 모르고 그 이유도 오랫동안 깨닫지 못했지만) 곧장 길가에 면한 고모의 방과 그 오래된 회색 집이 극장 무대장치처럼 떠오르고 본채 뒤에 우리 부모님을 위해 지어진 별채가 나온다. (그때까지 내가 볼 수 있던 것은 단지 이 별채의 작은 면뿐이었다). 그리고 고모의 집과 함께 아침부터 저녁까지 날씨가 어떻든 점심 식사 전에 지나가던 광장과 심부름 다니던 거리, 날씨가 좋을 때면 함께 걸어갔던 시골길을 따라 마을이 펼쳐졌다.

-마르셀 프루스트Marcel Proust,

《스완네 집 쪽으로Swann's Way, 잃어버린 시간을 찾아서 1권In Search of Lost Time Volume 1.》에서.

# 집중

집중하라. 그 효과는 마법처럼 느껴질 것이다. 주의를 집중하면 집중력이 강화되고, 무엇이든 자신이 집중하는 주제에 대한 언급이 주변에서 늘어나는 마법을 알아차리게 될 것이다. 예를 들어 노르웨이를 배경으로 소설을 쓰고 있다면, 구독하는 잡지에 피오르드여행에 대한 글이 몇 페이지 나오고, 곧 친한 친구에게서 노르웨이로 여행할 계획이 있다는 소식이 들려온다. 다음 날 라디오를 듣다가 인터뷰를 하는 사람이 한때 노르웨이 대사였다는 사실을 마주하기도 한다. 이 모든 것은 우연의 일치일까, 아니면 항상 일어나는데 미처 눈치채지 못했던 것일까?

원인이 무엇이든, 올바른 길을 가고 있다는 신호가 아니라는 다른 이유만 없다면, 이 넘쳐나는 우연의 일치를 흔쾌히 받아들여라.

물론 우연의 일치로 글을 쓰는 데 필요한 조사를 대체할 수는 없고, 또 그래서도 안 된다.

그러나 어떤 종류의 조사를 할 때와 마찬가지로, 이야기든 한 단어든, 직관이든 아이디어든(또는 프랑스 작가 나탈리 사로트Nathalie Sarraute가 트로피즘이라고 불렀던 미묘한 성향이든), 보고 듣고 느낀 것을 전부 메모해두어야 한다. 무엇이 중요하거나 유용한 정보가 될지 알 수 없기 때문이다.

인덱스 카드는 글을 쓰면서 하위 카테고리가 생겼을 때 별도의 카드에 있는 기록을 장별로 또는 여러 항목에 따라 다양한 방식으로 정리할 수 있어서 특히 유용하다. 이런 식으로 노트를 정리하는 동안, 아직 개요로 구체화하지 않은 채 작성 중인 글쓰기의 구조를 세울 수 있다(개요는 매우 유용하지만, 너무 이른 단계에서 구성하면 창의력이 제한된다).

《트로피즘Tropismes》은 프랑스에서 가장 유명한 작가 중 한 명인 나탈리 사로트가 쓴 첫 번째 작품의 제목이다. 출간 당시《트로피즘》은 실험적인 작품으로 여겨졌다. 사로트는 졸라Emil Zola와 위고Victor Hugo, 발자크Honore de Balzac 소설의 특징인 견고하고 방대한 플롯을 마다하고, 전통적인 서사에 등장하는 행위보다 버지니아 울프Virginia Woolf와 제임스 조이스James Joyce처럼 내면의 움직임을 포착하는 데 더 관심이 많았다. 빛에 기대어 자라는 식물처럼,《트로피즘》은 사로트가 자신의 성향을 따라 기억이나 사건, 장면에 대해 떠오르는 글을 쓰면서 그 콜라주 안에서 새로운 의미가 명확하게 드러난다.

# 상식

우리는 모두 공유하는 문화에 스며 있는 무한한 조언과 지혜, 기술과 태도, 유산, 무엇보다 관점이라는 재능을 물려받았다. 수천 년에 걸쳐 쌓인 지식의 보고가 없다면 우리 대부분은 생존하기 어려울 것이다. 그러나 창조적인 작품은 흔히 상식이라는 지점에서 벗어나는 경우가 많다. 《오만과 편견》을 예로 들어보겠다. 제인 오스틴은 엘리자베스 베넷Elizabeth Bennet을 통해 문학사에서 가장 인상 깊은 인물 중 하나를 창조했다. 엘리자베스가 19세기 영국 여성에게 요구되는 관습에서 적잖이 벗어난다는 점에서 특유의 매력이 비롯되었다. 엘리자베스는 사회에서 자신보다 지위가 높은 사람들에게 굴하지 않는다. 아이러니를 통해 자신을 표현하면서 거리낌 없이 자기 생각을 털어놓곤 한다.

실제로 소설이 쓰인 시기에 학자 클라우디아 존슨Claudia Johnson은 엘리자베스의 '관습에서 벗어난 거침없는 태도outrageous unconventionality'를 '매우 대담하다very daring'라고 칭했다. 대담한 사람은 엘리자베스만이 아니었다. 엘리자베스에게 생명력을 불어넣기 위해 작가인 제인 오스틴이 먼저 용감해져야 했다.

관습을 거스른다는 건 두근거리고 긴장감이 넘친다. 그러나 결국에는 말썽꾸러기 아이들뿐 아니라 어른 역시 그 대가를 치르기 마련이다. 그러니 그저 재미만을 위해 제멋대로 굴어서는 안 된다. 상식에서 벗어나야 하는지 여부를 판단하는 열쇠는 일과 그 일을 추진하는 내면의 비전에 있다. 비전의 핵심이 무엇인지 스스로 물어보라.

일단 핵심을 찾으면 그 핵심이 떠오를 때마다 관습을 깨는 데 필요한 용기가 솟는다. 이미 들어보았겠지만 용기<sup>courage</sup>의 본질은 '쿠르<sup>cour</sup>'라는 음절에서 드러난다. 쿠르는 '핵심'을 뜻하는 프랑스어 '쿠에르<sup>coeur</sup>'의 파생어다. 작품의 핵심에 따라 관습을 깰 필요가 있다면 반드시 그렇게 해야 한다(이에 대해 앞으로 자세히 설명할 것이다). 작품의 핵심은 어떤 식으로든 글 쓰는 이의 마음과 연결되어 있어야 한다. 간단히 말해(궁극적으로 독자를 감동시키는 것과 마찬가지로) 먼저 마음이 움직여야 한다는 뜻이다.

# 독서

글쓰기를 시작하고 싶다면 반드시 다양한 종류의 문학을 읽어야 한다. 문학적 관습에서의 일탈을 선택했더라도, 문학적 관습이 무엇인지 알고 그 관습을 마음속 서재에 꽂아 넣는 방법도 알아야 한다. 일탈이란 그 자체뿐 아니라 과거에서 벗어나는 지점, 일탈로 이어지는 길과도 관련이 있다. 그러나 문학적 유산을 비판적으로 이해하는 것보다 그 소리와 모양, 태도와 자세의 생생한 냄새, 문법과 어휘의 무게, 과거로부터 계속되어 실제로 우리를 형성한 전통에 속하는 물리적 감각과 경험을 접하는 것이 보다 더 중요하다.

# 시간을 두고 기다리기

19세기 후반과 20세기 초반, 산업 엔지니어들은 작업할 때 어떤 동작이 가장 효율적인지, 각 작업에 얼마나 시간이 많이 걸리는지 결정하는 모델을 개발했다. 노동조합은 이 방법을 광범위하게 적용하는 데 반기를 들었지만, 우리는 여전히 실질적인 이익과 측정 가능한 생산량을 다른 모든 가치보다 우선시하는 세상에 살고 있다. 따라서 책상 앞에 앉아 보낸 시간, 만들어낸 단어 수, 페이지 수, 결국에는 판매 부수 등 우리가 하는 일의 가치를 숫자로 평가하고 싶다는 유혹에 빠진다.

그러나 매일 마감에 쫓기는 것이 아니라면 이런 환경은 창조적인 작업에 결코 이롭지 않다. 우선, 대체로 책상을 떠나 있을 때 가장 생산적인 통찰력이 떠오른다. 도저히 풀리지 않을 듯한 문제에 직면했을 때 가장 효과적인 방법은 자리를 박차고 나가는 것일 경우가 많다.

말 그대로다.

옆방으로 걸어가 창밖을 바라보며 커피 한 잔을 따라 마셔라.

또는 집 주변을 산책하라.

억지로 하라는 말이 아니다. 그저 가끔 대상에 느슨하게 초점을 맞추라는 뜻이다.

그런 다음 마법이 일어나는 과정을 지켜보라.

해결책이 바로 나타나지 않을 수도 있고, 원하는 시점에 나타나지 않을 수도 있다. 땅에 씨앗을 심고 나서 씨앗이 싹을 틔우고 원하는 꽃이나 상추, 당근으로 자라려면 자연스러운 리듬이 필요하게 마련이다. 이 타이밍을 존중해야 한다.

창조적인 노력에도 자연스러운 리듬을 기다리는 인내심이 필요하다. 자연스러운 속도에 따라 내 안에서 작업이 이루어도록 내버려두면 어떤 일이 생기는지 보고 놀라게 될 것이다. 회고록을 쓰거나 필요한 사실을 전부 알고 있다고 믿었던 역사 속 사건을 묘사할 때에도, 선택한 주제에 대한 생각을 바꾸는 새로운 요소와 관점을 글 쓰는 동안 발견하게 될 것이다.

미묘한 세부 사항에서도 새로운 방향이 나타날 수 있다.

예를 들어 가상 인물을 심한 근시로 만들기로 결정했다면 이 등장인물의 성격을 근시안적인 것으로 묘사해 은유의 일환으로 처리할 수 있다. 반면 근시가 이야기에 필수 요소가 되었을지라도 인물을 근시안으로 묘사하지 않을 수도 있다.

해결책이 당장 떠오르지 않을 수도 있다.

그러나 몇 시간, 하루, 일주일 또는 그 이상 시간이 지난 뒤에는 이 인물이 정상 시력인 다른 많은 사람보다 더 깊이 볼 수 있다는 점이 보일 것이다.

시간을 들여 창조적인 작업이 요구하는 구불구불하고 예측할 수 없는 길을 따라가다 보면, 미국 단편소설 작가 그레이스 페일리<sup>Grace</sup> <sup>Paley</sup>의 말처럼 '모르는 것에서 아는 것으로 향하는' 감동을 경험하게 될 것이다.

# 날개

니코스 카잔차키스<sup>Nikos Kazantzakis</sup>의 소설《그리스인 조르바<sup>Zorba the Greek</sup>》에서 화자는 다음과 같은 이야기를 들려준다.

어느 날 아침 조르바는 나무에서 고치를 발견하는데, 고치는 구멍을 만들며 나비가 되어 밖으로 나올 준비를 하고 있었다. 그는 기다리지만 나비가 나오는 시간이 너무 길어지자 조바심이 난다. 마침내 그는 고치 위로 몸을 구부려 숨을 불어넣으며 따듯하게 해준다. 숨을 불어넣는 동안 그의 눈앞에서 "기적이 일어나기 시작한다." 고치가 열리면서 나비가 천천히 기어 나오기 시작한 것이다.

그러나 그는 "날개가 뒤로 접히고 구겨진 채 떨리는 온몸으로 날개를 펼치려 애쓰는 나비의 모습을 보았을 때의 공포는 평생 잊을 수 없을 것"이라고 말한다. 그의 숨결로 나비는 예정된 시간보다 빨리 나타났다. "나비는 필사적으로 몸부림치다가 몇 초 후 결국 내 손바닥 위에서 죽었다."

그는 우리에게 이렇게 말한다.

"나는 오늘 자연의 위대한 법칙을 거스르는 것이 치명적인 죄가 된다는 사실을 깨달았다. 서두르지 말아야 한다. 조바심을 내서도 안 된다. 외부의 리듬을 온전히 믿고 따라야 한다."

# 몽상

**꿈을 꾸는 자유보다 더 큰 심리적 자유가 또 있을까?**

-가스통 바슐라르Gaston Bachelard, 《몽상의 시학The Poetics of Reverie》에서.

예전에도 아마 지금도 그렇겠지만, 교실에서 겉보기에는 별것도 아닌 대상에 홀린 듯 시선을 고정한 채 멍하니 창밖을 바라보는 학생에게 벌을 주고 모욕을 주는 것이 관행일 것이다. 그러나 학생들이 수업에 집중하기를 바라는 교사의 마음을 헤아린다 해도, 몽상의 순간은 정말 중요하다. 이런 순간에 창조적인 통찰이 솟아난다고 알려졌기 때문이다.

에머슨Ralph Waldo Emerson은 어느 일요일, 교회에 가서 설교를 들어야 할 시간에 창밖으로 보이는 풍경에 걷잡을 수 없이 빠져들었다고 일기에 적었다. 그는 하염없이 흩날리는 눈에서 눈을 뗄 수 없었다며, 이 풍경이 그날 아침 설교보다 훨씬 더 흥미로웠다고 한다. 여러모로 그의 관심은 교리를 벗어나 자연의 가르침 속을 맴돌았다.

위대한 정치 철학자 한나 아렌트Hannah Arendt의 절친한 친구였던 소설가 메리 매카시Mary McCarthy에 따르면, 아렌트는 몇 시간 동안 창가에 머물거나 그저 허공을 응시하면서 생각이 떠돌아다니도록 놔두었다고 한다.

몽상은 어떤 내용이나 특정 작업에 얽매이지 않고 어떤 구속이나 의무도 없이 마음이 비어 있을 때의 자연스러운 마음 상태다. 잠에 가깝지만 잠들지 않은 상태인 백일몽을 통해 몽상가는 경계를 넘나들며 새로운 통찰이나 (프로이트가 제대로 파악했듯) 잊었던 기억을 찾아낼 수 있다.

매혹적인 세계를 발견했든, 마음과 정신의 쓰레기장 같은 곳을 발견했든, 이 '반의식적 사고semiconscious thoughts'의 땅에서 최고의 문학 작품이 탄생한다.

# 충실함

창조적인 작업에는 물이 중력의 법칙을 따르는 것만큼이나
온전한 충성심이 필요하다.

-메리 올리버Mary Oliver

피카소의 수많은 연인 가운데 그를 충실하다고 표현한 사람이 있었을지 의문이다. 그러나 그는 작품에는 흔들림 없이 충실했다. 하루도 빠짐없이 이젤 앞에 서거나 스케치북 위로 몸을 구부렸다. 이사벨 아옌데Isabel Allende는 '모습을 드러내야 한다'라고 표현했고, 다른 많은 예술가도 초보자에게 같은 조언을 한다. 차이콥스키Tchaikovsk는 "자존감 있는 예술가라면 기분이 좋지 않다는 핑계로 악보에서 손을 떼면 안 된다"라고 경고한다.

무엇보다도 정해진 자리에 모습을 드러내고 서재나 책상 앞에서 혼자 글 쓸 준비를 해야 한다. 그러려면 시간을 정해야 한다. 시간을 정하고 일정표에 적어두어라. 누군가 그때 시간이 있냐고 물어보면 선약이 있다고 말할 수 있어야 한다.

작성한 내용을 결국 전부 버릴 수도 있다. 한두 문장만 쓸 수도 있다. 아예 아무것도 쓰지 못할 수도 있다. 중요한 것은 그 과정에 참여한다는 사실이다. 그 자리에 있으면서 다른 어느 것에도 집중

을 분산하지 않으면 창의력이 싹튼다. 결과가 당장 나타나지 않을 수도 있다. 그러나 어떤 식으로든 보이지 않는 곳에서 당신의 정신과 마음이 일하고 있다. 질문을 받았을 때는 답이 생각나지 않다가 몇 시간이 지나고서야 완벽한 답이 떠오를 때와 비슷하다. 계속 기다리다 보면 결국 원하던 결과가 나타날 것이다.

# 씨앗

수많은 초보 작가 그리고 여러 책을 집필한 작가라도, 짧은 시간 동안 집중을 반복하며 작업을 시작하면 도움이 된다. 이렇게 하면 부담을 느끼지 않는다. 누구나 15분 동안 아무것도 쓰지 않고 고요하게 있으면서도 한 주제에 느슨하게 집중할 수 있다. 씨앗에 물을 주는 것과 비슷한 효과다. 처음에는 보이지 않지만, 우리가 쏟는 관심에 반응하여 식물이 뿌리를 내리고 자라나 언젠가 모습을 드러낸다. 처음에는 그 모습에 깜짝 놀라겠지만 그동안 꾸준히 가꿔온 그 식물이 맞다. 쓰고 싶은 주제에 짧게라도 규칙적으로 자주 찾아가 영양분을 공급하자. 마음은 평범한 의식 바로 아래에서 오랫동안 묵묵히 일하다 결국 하나의 문학작품을 창조할 것이다.

# 잘못된 시작

잘못된 시작을 두려워하지 말라. 이런 면에서 문학은 마치 과학과도 같다. 부정적인 결과도 쓸모가 있다. 자신이 쓴 글이 불편하다면 그 이유를 스스로 물어보라. 이 질문에 답하는 것은 예술가로서 하게 될 다른 어떤 행위 못지않게 창조적이다. 곧바로 논리적으로 대답하지 못할 때도 있을 것이다. 그러나 오히려 시행착오를 통해 답을 찾을 수도 있다. 예를 들면 다른 톤을 시도해보는 것이다. 올바른 어조란 스스로 자신에게 맞다고 느끼는 톤이다. 한번은 창녀로 알려진 여성들에 관한 책을 쓰면서 화려하고 시적인 대사로 시작했다. 그러나 반 페이지가 넘어가자 계속 쓸 수가 없었다. 내가 쓴 단어의 소리가 거북하다는 느낌이 들었다. 그러다 비꼬는 듯한 말투에 장황하고 세련된 교수의 목소리로 결정하게 되었다. 시간이 흐르고 나서야 이 목소리가, 교양과 재치를 겸비한 영리한 등장인물들을 더 정확히 반영한다는 사실을 깨달았다.

올바른 어조나 목소리는 앞으로 나아가는 데 필요한 에너지를 제공한다. 문체와 관련된 어떤 선택에서도 마찬가지다. 예를 들어, 글에 가장 적합한 시제를 사용하고 있지 않을 수도 있다. "그녀에게 아이디어가 있었다"라고 썼는데 뭔가 잘못된 듯한 느낌이 든다고 해보자. 그런데 "그녀에게 아이디어가 있다"라고 살짝 바꾸자 갑자기 문장을 제대로 썼다는 느낌이 든다. 현재 시제로 바꾸는 변화가 사소해 보일 수도 있지만, 작은 변화로 인해 책의 어조는 물론 글을 쓰는 기분에도 큰 변화가 생길 수 있다. 창녀에 관한 글을 쓸 때는 약간 비꼬는 듯한 말투를 사용함으로써 사회와 성별 그리고 상업에 관련된 더 큰 그림을 볼 수 있었다. 그러나 주제에서 아이러니를 발견하기 전, 이미 잘못 시작된 글에 대한 나 자신의 부정적인 반응에서 비롯된 내면의 소리를 들어야 했다.

# 기분

생각에만 주의를 기울이고 있다면 자신의 기분 역시 알아차려야 한다. 영화 〈줄리아Julia〉에서 극작가 릴리안 헬먼Lillian Hellman이 묘사한 대로, 격분하여 타자기를 창밖으로 내던지고 싶은 충동을 느끼는가? 그렇다면 이번에도 글을 쓰다가 잠들지도 모른다. 글을 쓰면서 어떤 감정(지루함이나 흥분, 황홀함이나 숙연함, 신중함과 황홀함, 분노와 슬픔 등)을 느끼든 그 감정은 어떻게든 페이지로 흘러나오고, 그 결과 독자는 글쓴이가 글을 쓰면서 느낀 감정을 느끼게 된다. 어떤 식으로든 기분이 좋아지고 설레는 단어와 이미지, 또는 아이디어를 찾는 데 시간을 들여라. 적당한 수준에 머물지 마라.

# 지금 있는 곳에서 시작하라

이번 글의 제목은 위대한 명상 스승인 페마 초드론<sup>Pema Chödrön</sup>이 쓴 책의 제목이다. 초드론은 이렇게 썼다. "당신이 세상에서 가장 하찮은 사람처럼 느껴질 수도 있지만, 그 느낌이 바로 당신의 자산이다." 초드론은 '자애로운 삶<sup>compassionate living</sup>'에 대한 지침서의 일부로 이 글을 썼다. 이 말은 작가들이 들어야 할 말이기도 하다. 글을 쓰다 보면 자신의 모든 면에서, 감정과 기억, 부끄럽거나 수치스러운 이야기에서 큰 자산을 발견할 수 있다. 스스로 어떻게 말해야 한다거나 어떤 사람이 되고 어떻게 행동해야 한다는 생각을 버리고, 실제로 어떤 사람이고 존재인지(어떻게 말하고 행동하는지) 받아들인다면 가장 좋은 출발점을 찾은 것이다.

《여성과 자연<sup>Women and Nature</sup>》을 집필하기 며칠 전, 설거지를 하던 중 플루토늄의 위험성에 대한 라디오 방송을 듣게 되었다. 독성이 강한 물질에 대한 이야기를 들으니 무척 불안해졌다. 여섯 살짜리 딸을 이 위험으로부터 보호할 수 있을까? 나는 앞으로 쓸 책에 이 내용을 꼭 넣어야겠다고 생각했다. 그러나 이내 울적해졌다. 이 이야기를 어떻게 써야 할까? 아는 게 너무 적었다. 내가 더 많이 배운다 해도 누구도 내 의견에 관심을 기울이지 않을 것이다. 나는 과학자가 아니기 때문이다.

나는 잠시 무력감을 느꼈다. 그러나 절망의 순간을 몇 번 더 겪은 뒤 이런 감정이야말로 내가 기여해야 할 부분임을 깨달았다. 그리고 평범한 사람이 이러한 위협에 직면했을 때 느끼는 완전한 무력감을 긴 문단에 걸쳐 표현했다.

영국의 역사학자 토니 주트Tony Judt는 회고록 《기억의 집The Memory Chalet》에서 〈음식Food〉이라는 장을 썼을 때, 어린 시절에 먹었던 촌스러운 음식을 향한 애정은 전혀 언급하고 싶지 않다는 유혹을 느꼈을지로 모른다. 그러나 그는 평범한 작가라면 숨기고 싶었을 이 특별한 미각을 표현하며 근사한 첫 문장을 썼다. "몸에 좋지 않은 음식을 먹고 자랐다고 해서 그 음식에 대한 향수가 없는 것은 아니다." 이 첫 줄은 호기심을 자아낼 뿐 아니라 좋은 맛에 대한 그의 일탈에 마술처럼 우리를 공모자로 만들며 곧바로 우리를 사로잡는다.

플루토늄이라는 물질이 있다고 한다. '그들'이 어느 주에선가 이 물질을 제조하고 있다고 들었다. 우리는 이 물질이 어떻게 만들어지는지 모른다. 우라늄이라는 물질이 사용되는 것 같다. 우라늄은 방사성 물질이라고 알고 있다. 방사성 물질 때문에 기형이 된 아기와 아이들의 사진도 보았다. 플루토늄이 제조되는 건물의 특정 부분에서 누출이 발생했다는 소식을 접하면서 플루토늄이라는 물질에 관심이 생겼다. 이때의 누출이 지붕이나 뒷마당 수도관에서 물이 샌다는 것과 같은 의미인지, 아니면 우리가 이해할 수 없는 과정을 나타내는 단순한 단어인지는 잘 모르겠다. 그러나

'누출'이라는 단어가 오류를 의미하며, 이 물질을 취급할 때 오류가 있어서는 안 된다는 것은 안다. 알려진 물질 중 가장 치명적인 물질이라고 한다는 것도 안다. 아주 작은 입자(누군가 이 입자를 보고 냄새를 맡을 수도 있을까?)를 흡입하거나 섭취하면 암을 유발할 수 있다는 사실도 안다. 우리가 삶의 터전에서 알고 있는 전부가 한순간에 우리를 빠져나간다.

-수잔 그리핀,《여성과 자연》에서.

# 목소리에 대한 더 많은 이야기

장르나 주제에 상관없이 어떤 작품에서든 올바른 목소리는 매우 중요할 뿐 아니라, 목소리를 찾기 전에는 작품을 시작할 수조차 없다. 글에 사용하는 목소리는 내용과 무관하지 않다. 목소리야말로 작품에 없어서는 안 될 요소다.

존 버거John Berger는 수영하던 건물에 게시된 '폐장 시간 5분 전에 헤어드라이어가 꺼집니다'라는 안내문이나 '직원 외에는 이 문을 통한 출입을 금지합니다. 감사합니다'라는 경고문 등, 마주친 일련의 표지판에 담긴 목소리를 두고 놀라운 설명을 써 내려갔다. 그는 이 같은 목소리를 '멀리 어딘가에서 아이가 비웃는 소리가 들리는 듯한 계산적이고 비인격적인 위원회의 목소리'라고 썼다.

마이클 온다치Michael Ondaatje는 존 버거와는 전혀 달리 회고록《혈통Running in the Family》을 지극히 개인적인 문장으로 시작한다. "이 모든 것은 내가 붙잡을 수 없었던 꿈의 생생한 뼈대에서 시작되었다." 그는 이렇게 쓰면서 마치 대화를 나누듯 독자와 친밀하고 신뢰감 있는 관계를 곧바로 형성한다.

목소리는 관점과 다르다. 글 전체에 지워지지 않는 영향을 미치기는 하지만, 목소리는 무의식과 훨씬 더 깊은 관련이 있다. '목소리'를 정의하기란 쉽지 않다. 소리를 통해 그 모든 요소를 전달하는 스타일과 심리, 입장과 의견, 배경과 문화의 살아 있는 혼합물이기 때문이다.

예를 들어 유도라 웰티Eudora Welty의 단편소설 〈내가 우체국에 사는 이유Why I Live at the P.O.〉에서처럼 어떤 작품에서는 등장인물인 화자의 목소리를 신뢰할 수 없다(이 이야기에서는 뿌리칠 수도 없다). 에일린 마일스Eileen Myles의 자서전 《인페르노Inferno》와 같은 책에서는, 무례하고 반항적이며 '좋은 취향'을 대수롭지 않게 거부하는 목소리가 종종 이야기보다 더 설득력 있게 다가온다. 두 책 다 '나'라는 목소리로, 1인칭으로 이야기를 전달한다. 그러나 '너', '우리', 심지어 전지전능하고 이야기에 직접 개입하지 않는 화자를 통해서도 목소리를 느낄 수 있다.

헨리 제임스Henry James나 이디스 워튼Edith Wharton의 소설에서 3인칭으로 쓰인, 전지전능하며 거의 보이지 않는 화자의 목소리는 상류층 가정에서 자라고 '최고의 학교'에서 교육받은 남성이나 여성의 조용한 권위, 즉 내재된 전문성을 전달한다. 이들의 문법은 흠잡을 데 없고 품위를 고수하는 학교 선생님처럼 건조하지는 않지만, 재치와 슬픔, 파괴적인 통찰력을 전달할 때조차 박식할 뿐 아니라 권위적이고 정중하며 자신만만하다.

대부분, 적어도 바로 자신의 목소리를 선택하지 않는다. 목소리가 당신을 선택하는 경우가 더 많다. 다시 말해 (물론 머릿속에서) 그 목소리를 듣는다. 책이나 논문, 신문 기사나 오래된 영화 속 한 인물의 연설에서 우연히 목소리를 마주칠 수도 있다. 클린트 이스트우드 Clint Eastwood의 거친 목소리가 갑자기 내면의 문을 여는 듯한 느낌이 들 수도 있다. 또는 루실 클리프턴Lucille Clifton의 시에서 만날지도 모른다.

**나와 너는 자매다.**

**우리는 똑같다.**

이것은 클리프턴의 일반적인 문법이나 목소리가 아니다. 그러나 클리프턴에서 익숙한 문법이다. 클리프턴이 듣던 목소리이자 잘 알고 있던 문법이다.

자신에게 맞는 목소리를 찾으면 목소리가 일종의 촉매 역할을 하여 글이 흘러가도록 돕기 때문에 훨씬 더 좋은 결과를 얻을 수 있다.

# 문법에 관한 짧은 단상

문법 면에서 옳고 그름을 판단하는 것은 초등학교 때 배운 내용보다 복잡하다. 언어에는 다양한 집단이 사용하는 특정 언어의 다양한 버전을 반영하는 여러 문법이 존재하기 때문이다.

영국 영어는 미국 영어와 같지 않다.

예를 들어 미국에서는 로스앤젤레스에서 사용하는 영어와 브롱크스나 뉴올리언스에서 사용하는 영어가 다르다. 영국에서는 아일랜드와 스코틀랜드, 웨일스는 말할 것도 없고 맨체스터에서도 런던과는 다른 형태의 영어를 사용한다. 런던 내에서도 코크니(런던의 노동자 계급이 사용하는 언어—옮긴이)처럼 계급에 따라 결정되는 다양한 버전의 영어를 자주 접할 것이다.

코크니가 틀렸다는 말이 아니다. 단지 다를 뿐이다. 그러나 영어 버전마다 고유한 문법이 있기 때문에 버전 가운데 하나를 잘못 말할 수는 있다.

문법은 단순히 규칙의 집합이 아니다. 생각의 체계이며, 문법을 활용해 더 명확히 생각할 수 있다. 문법에는 여러 중요한 정보 중에서도 누가(주어) 누구에게 언제(현재와 과거, 먼 과거 또는 미래) 무엇을 했는지(동사, 목적어 또는 간접 목적어) 알려주는 정보가 담겨 있다.

더욱이 올바른 문법은 모든 언어를 사용하는 사람들 간 합의에

해당하며, 문장의 단어 패턴을 통해 듣는(또는 읽는) 사람들이 그 뜻을
이해할 수 있도록 보장하는 계약이기도 하다.

# 개요

무엇을 그릴지 알기 위해서는 먼저 그리기 시작해야 한다.
나 자신의 생각보다 나도 모르게 떠오른 생각이 더 흥미롭다.

-파블로 피카소Pablo Picasso

전문가와 출판업자는 작가에게 개요를 요구하는 경향이 있다. 합리적인 요구로 보인다. 건축가나 시공업체와 함께 작업하는 경우라면 설계도를 보고 싶을 것이다. 문제는 잠재된 작품에 대한 선형적 개요를 너무 빨리 만들려 하면 황금알을 낳는 거위를 죽이는 경우가 많다는 점이다.

동시에 메모와 꿈, 관찰한 내용과 참고 자료를 수집하다 보면 연결고리를 발견할 수도 있다. 이러한 연결은 대개 아직 뚜렷한 형태를 띠고 있지 않을 가능성이 높고, 선형적 논리를 강요하려 하면 그 연결이 생명력을 잃는 경향이 있음을 느끼게 될 것이다.

그러나 우리가 주목한 연결고리를 도표로 표현했을 때 꼭 선형적일 필요는 없으며, 도표에서 이전에는 보지 못했던 연결 지점이 드러날 수도 있다. A에서 Z로 순차로 진행하는 대신 주제와 아이디어를 연결하는 가로선과 세로선을 모두 사용하여 거미줄처럼 그릴 수도 있고, 어떤 주제가 하나 이상의 연결, 심지어 여러 개의 연결을 맺는 도해를 그릴 수도 있다. 그 결과물은 종종 식물의 뿌리계나 동물의 순환계와 유사하다. 즉, 자연의 살아 있는 해부학 구조를 모방하며, 그 자체로 유기적이고 창조적이다.

글을 계속 쓰다 보면 선형적이지 않은 개요를 포함한 모든 개요가 바뀔 수 있고 또 그럴 가능성이 크다. 물론 시간이 흐름에 따라 작업이 발전하고 연속된 순서가 나타나기 시작하면, 보다 뚜렷한 선형적인 개요를 만들 수도 있을 것이다.

# 책상

이동 중에 글을 쓰는 작가는 예전에도 많았고 지금도 많다. 그러나 나를 포함한 많은 작가가 글을 쓰기에 적합한 장소, 매일 돌아갈 수 있는 든든한 책상이 필요하다고 느낀다. 좋아하는 펜과 가장 자주 사용하는 컴퓨터, 참고할 수 있는 책, 하드카피로 된 초안, 메모 등 하루 동안 작업하는 데 필요한 전부를 보관할 수 있는 곳이 있어야 한다.

그러나 책상이 있어야 하는 이유는 책상에 우리에게 필요한 도구가 있기 때문만은 아니다. 설명하기 힘들고 콕 집어 말하기 어려운 또 다른 요인이 작용한다. 안정된 책상은 일종의 정신적인 중력을 발산하며, 작업 중인 책이나 시, 연극과 보도 자료, 기고문 등 그 무엇이라도 마치 지구가 아니라 책상 속으로 끌어당기는 것만 같다.

이것은 신비로운 과정일까, 아니면 심리학과 인지과학으로 간단히 설명할 수 있는 현상일까?

아니면 이 두 가지가 복합적으로 작용하는 것일까?

뭐라고 더 설명할 수 없다. 나는 그저 이런 일이 일어난다는 사실만 알기 때문이다. 가능하면 양파를 썰거나 직소 퍼즐을 푸는 등의 다른 일을 하지 않고 그저 글쓰기에만 몰두하는 책상을 마련하기를 권한다.

# 그녀(그 또는 그들)만의 방

**여자가 글을 쓰려면 반드시 돈이 있어야 한다….**

-버지니아 울프, 《자기만의 방A Room of One's Own》에서.

사실 울프는 더 정확히는 '여자가 소설을 쓴다면'이라고 썼다. 그러나 울프의 지혜는 다른 장르에도 적용된다. 물론 남자도 돈이 필요하다. 그러나 일반적으로 어떤 성별이든 소외된 커뮤니티에 속해 있지 않는 한 남성 작가가 여성 작가보다 더 많이 지원을 받는다. 이와 관련해 앨리스 워커Alice Walker는 《여인들의 신전The Same River Twice》에서, "유색인종으로서, 여자로서, 제도권에 속하지 않으며 정치적으로 힘이 없는 사람으로서, 우리는 지구상에서 살아남기 위해 점점 더 많은 도전에 직면하고 있다"라고 썼다.

이러한 불안정성은 작가가 시간과 공간이 필요한 예술인 글을 쓰는 데 필요한 조건으로 확장된다. 전자인 시간은 재단 보조금이나 출판사의 인세(작가도 집세를 내고 식료품을 사야 하기 때문에)로 제공되고, 후자인 공간은 방이나 적어도 방의 조용한 구석에서 제공된다. 그리고 불리한 여건에 굴하지 않고 실제로 문학작품을 완성한다고 해도 불안정한 상황은 멈추지 않으며, 적대적인 리뷰를 받거나 전혀 알려지지 않는 무명인 상태로 계속된다.

소외된 작가가 이처럼 엄청난 도전에 맞서려면 내부 권위inner authority를 불러일으켜야 한다. 특히 편견의 대상이 된 경험이 있는 경우, 내부 권위를 달성하기는 더욱 어렵다.

극작가 와자핫 알리Wajahat Ali의 말처럼, '편견에 찬 공격을 내면화하여 자신의 목소리를 침묵시키고 싶다'라는 유혹에 빠지고 싶을 때가 많기 때문이다. 이러한 파괴 과정을 막으려면 개념의 방, 즉 아이디어와 상상력 그리고 비로소 자신의 글을 소중히 여기는 마음속 안전 가옥을 지어야 한다.

물론 소외되었든 아니든 작가라면 누구에게나 내부 권위가 필요하다. 작가에게 내부 권위가 없다면 독자들은 첫 장을 넘겨 더 읽으려 하지도 않을 것이다. 작가가 쓴 글에 대한 독자의 반응이 어떻든 간에 독자가 작가를 신뢰할 수 있어야 한다. 그리고 독자의 신뢰를 얻으려면 작가가 스스로를 믿어야 한다.

… 셰익스피어에게는 누이가 있었다…. 그 누이는 젊은 나이에 세상을 떠났다. 안타깝게도 단 한 줄도 쓰지 못했다. 그리고 이제는 엘리펀트 앤드 캐슬 지역 맞은편 버스가 정차하는 곳에 묻혀 있다. 이제 나는 단 한 줄도 쓰지 못하고 교차로에 묻힌 이 시인이 여전히 살아 있다고 믿는다. 당신과 내 안에 살아 있다. 그리고 오늘 밤 설거지를 하고 아이들을 재우고 있느라 이곳에 오지 않은 수많은 다른 여성 안에도 살아 있다.

-버지니아 울프, 《자기만의 방》에서.

# 집안의 천사 죽이기

글을 쓰거나 글 쓸 생각을 하는 동안에는 주변 사람들 말을 듣고 싶지도 않고, 그들의 질문과 요청에 답해야 할 의무감이 들지도 않고, 심지어 그들의 욕구를 헤아리고 싶지도 않다.

이 문제는 여자들에게 유독 고통스러운데, 버지니아 울프가 (당시 유행하던 표현을 사용하여) '집안의 천사'라고 불렀던 존재가 자주 찾아오기 때문이다. 이 천사는 가끔 여자의 어깨에 내려앉아 집안의 다른 사람에게 따뜻한 커피 한 잔을 타줘야 한다거나, 작가가 누군가 또는 무언가를 묘사하는 데 사용하는 단어가 너무 가혹하다고 속삭이곤 한다. 울프의 조언은 무자비하더라도 여전히 옳다. 이럴 때는 그냥 천사를 죽여버려라.

# 침묵

작가의 삶에는 수많은 종류의 침묵이 있다. 하나는 작가를 둘러싼 소리 환경의 고요함이다. 마치 공기가 말을 듣고 있고, 또 간절히 듣고 싶어 하는 듯 느껴진다. 또 하나의 침묵은 글을 쓸 시간이 없거나 허락되지 않은 작가에게 강요되는 침묵이다. 그리고 또 다른 침묵이 있다. 이 침묵은 온갖 유형의 검열에서 발생하며, 작가의 혀 끝에 있는 이야기를 직접적으로든 간접적으로든 하지 말아야 한다고 이야기한다. 조셉 스탈린Joseph Stalin(여러 작가를 시베리아로 보냄)과 같은 잔인한 독재자나 조셉 매카시Joseph McCarthy(할리우드의 수많은 시나리오 작가에게 침묵을 강요함) 같은 포악한 정부 관료가 작가에게 침묵을 지키라고 명령했을 수도 있다. 아니면 더 가까운 곳에서 검열이 생길 수도 있다. 작가가 비밀스러운 가족사나 범죄를 폭로하고 싶을 수도 있고, 어렸을 때 성적으로나 정서적으로 학대받았던 경험을 쓰고 싶을 수도 있다. 다른 사람의 감정을 상하게 하지 않으면서 자신의 마지막 연애에 관해 쓰고 싶을 수도 있다.

문제는 하고 싶은 이야기를 하지 않으면 무엇도 쓰지 못하게 된다는 점이다. 마치 소화되지 않는 음식을 보고 식욕을 잃는 것과 마찬가지다. 너무 단순한 조언처럼 들릴 수도 있지만 나는 어떤 경우에든 그 이야기를 쓰라고 권한다. 단, 이야기를 발표하지 않거나 다른 사람에게 보여주지 않겠다고 자신과 암묵적으로 합의해야 한다. 이렇게 하면 적어도 다른 이야기로 넘어갈 수 있게 된다. 그리고 글쓰기 과정에서 가끔 일어나는 신비한 기적의 일부를 만나게 될 것이다. 말하지 말라고 들었던 바로 그 이야기를 함으로써 내면의 드넓은 변화를 경험하고, 마침내 세상과 공유할 수 있게 된다. 그리고 비밀이 드러날 때는 그 자체로 매우 좋은 이야기가 되는 경우가 아주 많으므로 세상이 글쓴이에게 감사하게 될 것이다.

# 형식

형식은 어디에나 있다. 우리 집 창문 밖으로 보이는 많은 나무 중 두 그루는 형식을 공유한다. 두 나무 다 몬터레이 소나무로 키가 크고 가지가 길며 1년 내내 녹색 솔잎을 달고 있는데, 사시사철 솔잎 몇 개를 떨어뜨린다. 솔잎을 밟으며 걸을 때면 한 걸음 한 걸음 어릴 적 수많은 여름을 보냈던 여름 캠프를 떠올리게 하는 향기가 난다. 소나무를 이루는 형식은 나무가 물려받은 DNA에 있다. 그 형식은 내 마음속에도 살아 숨 쉬고 있으며, 한 차례의 생생하고도 개인적인 기억에 영원토록 맞닿아 있다.

문학 자체가 하나의 형식이다. 기억과 연상, 판단과 환상, 꿈과 기도, 정보와 온갖 종류의 지식, 심지어 우리가 알지 못하는 신비까지도 문학에 담겨 있다. 우리는 DNA와 마찬가지로 문학의 형식을, 문학이라는 형식 안에 담긴 모든 형식을 물려받는다. 러시아 인형 세트처럼 문학의 범주 안에는 시가 있고, 그 안에는 서사시와 자유시, 빌라넬(16세기 이탈리아 시인들이 개발했으며 19개의 줄로 구성된 시의 형식—옮긴이)과 소네트 등 여러 다른 형식이 있으며, 소네트와 같은 각 형식 안에는 페트라르카 소네트(페트라르카가 발명함) 또는 카탈 소네트(제라드 맨리 홉킨스가 사용함) 같은 여러 다른 형식이 있다. 모든 전통을 괴롭히며 역설을 드러내는 형식의 역설은 DNA와 마찬가지로 형식에도 변형을 낳는 경향이 있다는 점이다.

형식은 전혀 수동적이지 않다. 최종 버전뿐 아니라 창작 과정 자체에도 막강한 영향을 미친다. 의식적으로나 무의식적으로 우리를 특정 방향으로 인도할 수 있으며, 또한 그렇게 할 것이다. 우리는 지금 내용이 아니라 형식에 관해 이야기하고 있지만 실제로는 둘을 분리할 수 없다. 형식은 단순히 예쁜 포장지 이상이다. 꾸준히, 그러나 확실하게 내용을 형성할 뿐만 아니라 내용과 결합된다.

한번은 초급 학생들을 대상으로 글쓰기 수업을 진행하면서 학생들에게 각각 다른 방법으로 준비한 두 가지 당근을 맛보게 했다. 유일한 차이점은 당근을 자르는 방법이었는데, 한 부분은 강판에 갈았고 다른 부분은 둥글게 썰었다. 학생들은 각 당근 맛이 얼마나 다른지 알고는 무척 놀라워했다(참고로 강판에 간 당근이 훨씬 더 달콤하다).

주제를 형성하는 방식에 따라 독특한 경험이 만들어지며, 방식에 따라 다른 의미를 표현할 수 있다.

소네트를 예로 들어보자. 고전적인 소네트의 공식에 다양한 변형이 있긴 하지만, 기본 형식은 다음과 같다. 운율이 번갈아 나타나는 세 개의 4행시(각 네 행)가 있고 뒤이어 2행시가 나오는데, 2행시는 예상치 못한 방향으로 전환하는 볼타로 이루어진다. 소네트라는 용어는 '작은 노래'라는 뜻인 이탈리아어 '소네토'에서 유래했고 사랑 노래에서 출발했으며, 이는 사랑의 선언을 다루든 아니든 모든 소네트에 깃든 역사다. 16세기에 존 와이어트John Wyatt가 영국에 소네트를 도입했다(영국에서는 주로 셰익스피어가 써서 유명해졌다).

　여전히 규칙을 지키고 있는 소네트라는 형식은 현대문학에서도 생생히 존재하고 있다. 제리코 브라운Jericho Brown의 멋진 소네트인 〈전통The Tradition〉은 꽃 이름을 부른 뒤 우주를 환기하는 것으로 시작해, 다음 네 줄의 강력한 반전 또는 볼타로 끝난다.


**너무 늦게, 꽃을 보기 위해 비디오의 속도를 높인다.**

**이내 시에서 기대하는 색이 나타난다.**

**세상이 끝나는 곳에서 모든 것이 나뉜다**cut down.

**존 크로포드**John Crawford. **에릭 가너**Eric Garner. **마이크 브라운**Mike Brown.


　이 시는 이질적인 사랑 시다. '컷 다운cut down'과 '마이크 브라운'의 운율이 특히 우리를 비통하게 한다. 이 소네트는 규칙적인 운율과 리듬을 통해 독자로 하여금 시에서 나타나는 죽음에 대비하도록 한다. 그리고 구태여 말로 설명하지 않아도 이러한 살인이 우리 모두 공유하는 우주의 질서를 위협한다는 점을 본능적으로 이해하게 만든다.

# 올바른 형식

'쓰기로 한 글에 적합한 형식은 무엇인가?'

이 질문에는 자신만이 답할 수 있다.

우리가 찾아야 할 것은 자신이 쓸 내용에 가장 적합한 형식이다. 때로는 작품에 대한 아이디어에서 저절로 형식이 발견된다. 형식에 이끌렸는데, 형식 자체가 찾아야 하는 주제일 때도 있다. 그러나 형식이 없는 주제라면 시행착오를 겪으면서 어떤 형식이 잘 맞는지 찾아보는 것도 좋은 방법이다. 올바른 형식을 갖추면 아이디어와 말이 더 쉽게 풀리게 마련이다.

# 새로운 것과 오래된 것

우리는 전통보다 혁신을 중시하는 시대에 살고 있다. 제1차 세계 대전의 전장에서 학살이 벌어진 이후, 사회 전반에 환멸감이 짙어졌고 이러한 성향은 정치뿐 아니라 예술에도 영향을 미쳤다. 세기가 바뀌면서 피카소와 브라크Georges Braque, 미로Miró의 화폭에 경이롭고 새로운 이미지가 등장하고 거트루드 스타인Gertrude Stein과 앙드레 브르통André Breton, 어니스트 헤밍웨이Ernest Hemingway 등 문학계에서도 놀라운 일탈을 선보이며 전쟁 전부터 시작된 창의적 혁신이 더욱 강력히 폭발했다. 혁신을 향한 우리의 애정은 21세기에도 계속되어 컴퓨터와 앱, 소셜 미디어에 이르기까지 이미지를 만들고 단어를 기록하는 데 사용하는 도구에서도 드러나고 있다.

그러나 이 모든 현대적인 기운 속에서도 옛 형식이 부활하고, 옛 거장들이 성취한 정밀함을 닮은 화풍, 몽테뉴 특유의 조용하고 품위 있는 어조로 쓴 에세이, 서사시와 같은 또 다른 트렌드가 나타나리라는 것은 얼마든지 예상 가능하다. 실제로 혁신적인 형식은 전통을 완전히 벗어나지 않는다. 고대의 습관을 변형하여 새롭게 응용하는 방식을 쓸 뿐이다.

초기 아메리카 원주민의 시든《일리아스Iliad》든 당나라의 이포가 쓴 8세기의 시든, 고대 형식에는 그 안에 담긴 내용 이상의 지혜가 담겨 있다.

시에서 사용하는 반복을 예로 들어보자. 이는 인체의 대칭을 비롯해 자연에서 볼 수 있는 반복 또는 패턴을 모방하는 오래된 기법이다. 우리에게는 두 개의 귀가 있고, 두 귀를 합치면 두 방향 이상에서 소리를 들을 수 있다(이런 점에서 인체의 반복은 소리의 다방향성을 반영한다).

이야기를 예로 들어보자면, 우리는 이야기를 전하는 데 너무 익숙해져서 이야기하기를 더는 하나의 형식이라고 생각하지 않게 되었다. 그러나 이야기하기는 우리가 물려받은 가장 오래된 유산 중 하나이며, 글쓰기가 도래하기 전 문학이 한 세대의 이야기꾼으로부터 다음 세대로 구전되었을 때부터 우리에게 찾아왔다. 이야기하기는 우리 모두 인과관계, 우리가 한 일의 결과에 대해 생각하도록 도와준다. 나아가 더 큰 맥락, 즉 이야기 구조상 다음에 일어날 일을 통제할 수 없는 더 큰 영역을 포함해 우리 이전에 있었고 지금 우리를 둘러싼 인간과 자연 상태를 받아들이는 데에도 도움이 된다.

# 저녁 영가

체기히,

새벽으로 만든 집.

황혼으로 만든 집.

먹구름으로 만든 집.

남자 비로 만든 집.

어두운 안개로 만든 집.

여자 비로 만든 집.

꽃가루로 만든 집.

메뚜기로 만든 집.

먹구름이 문 앞에 있네.

밖으로 나오는 길이 먹구름이네.

-나바호족, 〈치유의 기도〉에서.

# 나는 어떻게
# 글쓰기를 배웠는가?

전쟁 소설에 도전했다가 실패한 직후, 좋아하는 책의 구절을 소리 내어 읽기 시작했다. 고등학교에서 연극을 공부하던 언니가 희곡이나 시의 한 구절을 소리 내어 읽는 것을 여러 번 들었기 때문이다. 나는 언니가 하는 거의 모든 일을 따라서 했다. 한스 크리스티안 안데르센Hans Christian Andersen의 동화와 에드나 세인트 빈센트 밀레이Edna St. Vincent Millay의 감동적인 시 〈르네상스Renascence〉, 《이상한 나라의 앨리스Alice in Wonderland》에 나오는 대화 그리고 한 번도 다 읽지는 못했지만 《두 도시 이야기Tale of Two Cities》의 첫 문단을 낭독하는 것을 좋아했다.

"최고의 시절이자 최악의 시절"이라는 그 유명한 대칭적 리듬이나 "희망의 봄이면서 곧 절망의 겨울"이라는 대조적인 상황의 극적인 나열 때문인지, 이 첫 문단이 좋아서 몇 번이고 되풀이해서 읽었다. 심지어 뒷방에 혼자 있을 때도 창밖으로 다른 집과 거리, 야자수 몇 그루, 둥근 지구 위로 쏟아지는 붉은 페인트를 묘사한 거대한 네온사인을 바라보고 이 글을 읽으면서 내가 저 아래 도시 풍경에 대해 더 넓은 관점을 창조하고 있다고 상상했다.

이 연습을 통해 언어의 음악을 받아들이는 귀를 훈련했고 그 과정에서 머릿속을 지나가는 다양한 구절과 문장, 명확한 논리가 없더라도 의미를 담

은 듯한 파편과 단편의 음악을 알아차리기 시작했다는 사실은 미처 몰랐

다. 시간이 지나면서 나는 이 조각들을 언젠가 내가 쓸 글의 씨앗으로 인

식하기 시작했다.

# 소리

우리 시대의 위대한 이야기꾼 중 한 명인 그레이스 페일리<sup>Grace</sup>
Paley는 인터뷰에서 "어떻게 이야기를 시작하나요?"라는 질문을 받
자 "대부분의 이야기는 한 문장으로 시작하며, 문장은 모두 언어로
시작합니다"라고 답했다.

우리는 언어가 의미를 전달한다고 생각한다. 그러나 나는 여기서
페일리가 의미뿐 아니라 소리에 대해서도 이야기하고 있다고 생각
한다. 페일리는 이렇게 덧붙인다.

"한 문장이 절대적인 울림을 주는 경우는 매우 흔합니다."

이처럼 문학은 많은 이가 짐작하는 것처럼 추상적이지만은 않다.
문학의 매개체는 인간의 목소리이며, 유화나 카라라(이탈리아 토스카나
주에 있는 지역. 대리석 채석장으로 유명함—옮긴이)의 대리석만큼이나 구체적이
고 감각적인 현상이다. 현대적인 관점에서는 구체적인 세계에 내재
한 의미를 인식하지 않지만, 그 매개는 결코 수동적이지 않다. 미켈
란젤로<sup>Michaelangelo</sup>가 말했듯, 그가 걸작을 조각하게 만든 재료가 그를
이끌었다. 그는 "나는 대리석에서 천사를 보았고, 천사를 자유롭게
해줄 때까지 조각했다"라고 말한 바 있다.

소리는 전제와 가정, 이미 지루해진 구태의연한 세계를 뛰어넘어
습관이 된 것의 표면 바로 아래 존재하는, 중요하지만 드러나지않

은 무언의 세계를 열어준다.

그러므로 자신이 쓴 글에 귀를 기울이는 것이 중요하다.

글의 소리가 진실하다면(진정한 음 또는 과녁을 맞힌다는 의미에서) 독자는 글에 매료되지는 않더라도 관심을 느낄 것이다. 그리고 글쓰기 과정에서 더욱 중요한 것은, 이미 이때쯤이면 시작되었겠지만, 우리가 기진맥진해진다는 것이다. 그리고 다양한 문화권의 종교의식에서 오랜 세월 그래왔듯이 우리도 무아지경에 빠진다. 글을 쓰면 작가 자신도 직접 쓴 단어의 소리에 이끌려, 자기 안에 있는지도 몰랐던 지혜를 마주하게 된다.


흔히들 사람의 목소리를 세상에서 가장 놀라운 악기라고 한다. 떨리는 소리부터 날카로운 소리, 귀가 찢어질 듯한 비명, 우렁찬 화음부터 상승기류에 날아오르는 종달새처럼 한없이 솟아오르는 청아한 곡조까지, 목소리로 그 어떤 소리도 낼 수 있다. 악기라는 말은 실은 잘못된 표현이다. 목소리는 실내악 앙상블에 가깝다. 관악기와 현악기, 우렁찬 호른이 이 끝에서 저 끝까지 함께 어우러진다. 오르간과 비올라, 오보에, 트럼펫의 종소리 등 각 악기가 다음 악기로 소리를 전달하며 전 단계에서 음량과 화음을 더한다. 입술과 혀라는 타악기, 원형경기장과도 같은 두개골의 울림을 더하면 내 안에서 오케스트라가 연주하는 느낌을 받게 된다.

-부르크하르트 빌거Burkhard Bilger, 〈최대 규모Extreme Range〉에서.

Out of Silence, Sound. Out of Nothing, Something.

2부
글쓰기

{ 과정 }

# 아무것도 아닌 것

이제는 나무랄 데 없는 명상 수행자가 아닌 한, 우리 마음이 결코 비어 있지 않다는 사실을 알았을 것이다. 그러나 소설이나 시, 에세 이나 희곡 한 편을 떠올리기를 기대했다면 아마 실망할 것이다. 그래도 자신의 생각에 주의를 기울이는 법을 배웠다면 단상 몇 조각이나 한두 문장, 심지어 한 문단이나 이미지, 아직 태어나지 않았지만 가능성 있는 어떤 희미한 빛쯤은 발견했을 것이다. 그러나 성장하기 위해서는 이러한 파편을 종이 위에서 시도하고 실험하고, 써 보고, 만지작거리고, 지우고, 반복하고, 다시 쓰는 과정을 거쳐야 한다. 이 과정에서 앞으로 나아갈 길을 찾아가면서 끊임없이 아무것도 아닌 것과 직면하게 될 것이다. 이 아무것도 아닌 것, 되풀이해서 나타나는 부재를 가능성으로, 앞으로 쓰게 될 내용을 위한 공간으로 보는 법을 배워야 한다. 새로운 문단이나 쪽, 장을 쓸 때마다 몇 번이고 다시 시작하게 될 것이기 때문이다.

# 노란 줄 노트

완벽주의는 최종본을 작성할 때 유용하다. 그러나 막상 작업을 시작하면 완벽해야 한다는 생각 때문에 무엇도 쓰지 못할 수도 있다. 이 단계에서는 적어놓은 단어의 절반 가까이 버리게 될지도 모른다. 이럴 때 이면지나 노란 줄 노트를 사용해 메모나 주요 사항 목록을 작성해두면 기분 전환에 도움이 된다. 그렇게 하면 하얗고 텅 빈 화면을 눈앞에 두고 마음을 조여오는 압박감을 떨치기에도 좋다. 완전한 문단이나 문장을 작성할 필요도 사라진다. 글을 쓰는 동안 아마도 쓰고 싶은 노래나 영화 제목, 어디선가 또는 꿈에서 본 이미지 등 몇몇 단어나 문구가 떠오를 것이다.

이러한 파편이 아무것도 아닌 것처럼 보일 수 있다. 그러나 우리 마음속에 길을 내준다. 머지않아 (생각의 숲에 있는 빵 부스러기처럼) 이 메모들을 따라 자신이 찾고 있는 의미로 향하는 길을 그리게 될 것이다.

지금 중요한 것은, 아직 눈에 잘 띄지 않더라도 실제로는 이미 진행되고 있는 작업에 집중하는 시간을 마련하고 있다는 점이다. 집중하는 시간이 단 15분일지라도 마음속에 씨앗을 심을 수 있고 그 씨앗이 저절로 자라날 것이다. 그리고 차를 운전하거나 산책을 하거나 목욕을 하거나 설거지를 할 때 불쑥 온전한 개념이나 잘 짜인 문장이 떠오르기도 한다.

이럴 때 잊지 말고 기록해두어야 한다. 이러한 선물은 나무에서 떨어지는 열매와도 같다.

잡을 수 있을 때 잡아야 한다. 금방 상해버리기 전에.

# 잠시 멈춤

　잠시 멈춤은 글쓰기의 모든 단계를 돕는 연습이다. 다음에 무엇을 써야 할지 모른다고 느껴질 때마다 잠시 멈추고 몇 가지 메모를 한 다음 산책이나 목욕을 하거나 글 생각을 품고 잠들어라(무의식이 대신 일하게 하라). 이런 식으로 하면 대체로 전에는 생각지 못했던 해결책을 얻을 수 있다.

　이 연습의 일부에는 심리학자 조지 레너드가 '소프트 포커스soft focus'라고 한 효과가 포함되는데, 글쓰기의 경우에는 질문이나 문단의 끝 또는 발전하는 아이디어를 마음속에 느슨하게 붙잡아둔다는 의미다.

　나는 글을 쓰려면 몇 시간 동안 책상 앞에 붙어 있어야 한다는 옛 격언이 대단히 비생산적이라고 생각한다. 마감일이 촉박하고 언제든 빠른 결과물을 만들어내는 방법이 필요한 기자에게는 효과가 있을지도 모르지만, 다른 사람에게는 간단한 몸의 움직임, 예를 들어 의자에서 일어나 차 한 잔을 마시거나 그냥 서서 돌아다니고 창밖을 내다보는 것 같은 움직임이 과정의 중요한 부분이 될 수 있다. 몸은 사고에 참여하고, 생각하고, 느끼고, 반응하고, 의견을 내고, 결정을 내리며, 창조적으로 활동한다. 몸에 귀를 기울이면 결국 몸의 침묵이 말로 바뀔 것이다. 마침내 몸이 침묵을 말로 바꿀 것이다.

우리 각자의 내면에는 의식의 바다가 있고, 그 바다는 해결책의 바다다. 그 바다, 그 의식으로 뛰어들면 의식에 활기를 불어넣게 된다. 특정한 해결책을 찾기 위해 뛰어드는 것이 아니라 의식의 바다에 활기를 불어넣기 위해 뛰어드는 것이다.

데이비드 린치David Lynch, 《큰 물고기 잡기Catching the Big Fish》에서.

# 시간을 잘 지키기

규칙적인 일정을 세우는 것도 글쓰기에 도움이 된다. 아이가 매일 일정한 시간에 더 쉽게 잠들 듯이, 우리 마음도 정해진 시간에 새로운 아이디어와 단어를 생산하려는 경향이 있다.

부담을 느끼지 않으려면 조금씩, 즉 10분이나 15분 단위로 시작해 점점 시간을 늘려가라. 이 짧은 시간 동안 단지 한두 문장만 쓰거나 목표로 삼은 작업에 대해 생각만 할 수도 있다. 이런 방법을 쓰면 문제를 강요하는 것이 아니라 초대하는 셈이 된다. 창조성은 개보다는 고양이와 더 비슷하다. 창조성에게 가까이 오라고 명령할 수는 없다. 계속 그 자리에 머물다 보면 어느 날 갑자기 그 창조성이 당신 무릎으로 뛰어들 것이다.

# 겸손한 작업

작가의 삶은 종종 자유분방하고 화려한 모습으로 묘사된다. 물론 작가의 삶에는 파리나 다른 도시의 야외 카페에서 오후 햇살을 받으며 키르 칵테일이나 맥주, 커피를 마실 때 같은 순간이 존재한다. 그러나 이런 순간은 사실 작가가 아니라 누구나 만끽할 수 있다. 그리고 실제로 작가는 대부분 시간을 책상에 앉아 혼자 글을 쓰며 보낸다. 물론 극적인 영감이 찾아올 때도 있다. 대개 힘겹게 찾아오지만 실제로 이런 일이 일어나기는 한다. 단어를 선택하고 문장과 문단, 장을 구성하는 이 느리고 겸손한 작업과 관련해 내가 자주 하는 이야기가 있다. 출처는 기억나지 않는다. 아마도 그림 형제 이야기에서 일부를, 《천일야화 One Thousand and One Nights》에서 일부를 따온 듯싶다.

이야기는 이렇게 흘러간다. 지역 술탄이나 귀족이 마을에 아주 좋은 구두를 만드는 구두장이가 있다는 소문을 듣는다. 이 권력자는 곧바로 그 가게로 가서, 구두 장인에게 새 구두 천 켤레를 주면 장인과 가속을 부자로 만들고도 남을 금화 한 자루를 주겠다고 말한다. 생계가 어려웠던 구두 장인은 크게 기뻐한다. 그러나 술탄은 아침까지 신발이 전부 준비되어야 하며, 그렇지 않으면 장인의 목을 자르겠다고 한다.

짐작하겠지만 술탄이 떠난 뒤 구두 장인은 눈앞이 캄캄해진다. 앞에 놓인 불가능한 임무를 떠올리고 자신의 딱한 운명을 생각하며 울기 시작한다. 만일 그가 죽는다면, 여성에게 일자리를 제공하지 않는 가부장적인 사회에서 살아가다 굶어 죽을 신세가 될 가족을 떠올리니 더욱 비참하다.

그로서는 하룻밤 사이에 천 켤레의 신발을 만들 재간이 없었다. 그러나 그는 겸손한 구두 장인이기 때문에 가죽 조각을 자르고, 모양을 만들고, 꿰매는 등 잘할 수 있는 일을 하면서 한 켤레 한 켤레 공들여 만드는 외에는 다른 방도가 없었다. 그는 새벽 1시까지 신발 스무 켤레를 완성했는데, 엄청난 성과이지만 술탄을 만족시키기에는 턱없이 부족했다. 그럼에도 그는 계속 노력했다. 새벽 3시경, 서른 켤레를 만들었을 무렵 그는 더는 제대로 일할 힘이 없음을 깨닫고 잠시 잠을 청하기로 했다. 잠은 동틀 무렵까지 이어졌다. 곧 해가 떠오른다는 사실을 알게 된 구두 장인은 당황하며 잠에서 깨어났다. 그는 이제 자신이 죽을 운명이라고 확신한다. 그러다 여러 요정이 그의 작업장에서 달아나는 모습을 얼핏 보게 된다. 요정들이 사라진 뒤로 그가 만든 서른 켤레의 신발과 멋진 970켤레의 신발이 가지런히 놓여 있었다. 술탄을 만족시키기에 부족함이 없었다.

이 이야기의 교훈은 무엇일까? 글쓰기는 겸손한 작업이다. 느리고 꾸준한 속도로 계속 글을 쓰다 보면, 잠을 자거나 산책을 하거나 창밖을 내다보는 사이 마침내 요정이 나타난다. 그리고 뜻밖의 놀라운 통찰력이나 절묘한 반전, 영감이라 할 만한 것들을, 우리의 영감을 요청할 능력이나 의지를 뛰어넘는 기적 같은 선물을 준다.

그러나 이때 명심해야 할 점이 있다. 계속 기적을 믿으면서 요정이 오기를 원한다면, 자신의 보잘것없는 기술을 갈고닦는 것을 잊지 말고 멈추지 말아야 한다.

# 걷기

글을 쓰다가 답이 떠오르지 않는 문제나 질문에 직면했을 때 내가 추천하는 여러 전략 가운데, 걷기가 최선일 방법인 경우가 많다. 은유적으로나 실제로나 영감에는 신선한 공기가 필요하다(영감inspiration의 어근인 '불어넣다inspire'는 숨 쉬는 행위를 떠올리게 한다는 점에 주목하라). 몸을 움직이면 말 그대로 온몸에 산소가 공급된다. 움직임은 마음의 문과 창을 열어준다.

그래서인지 수많은 위대한 문학작품이 걷기를 소재로 삼고 있다. 예를 들어 초서Chaucer의 《캔터베리 이야기Canterbury Tales》의 배경이 된 순례길과 단테Dante가 《신곡Divine Comedy》에서 개척한 은유의 여정, 존 뮤어John Muir가 광범위한 식물학적 모험을 설명해주는 책이 많다. 사후에 출간되었고 적절하게 제목을 정한 소로Thoreau의 에세이집 《걷기Walking》, 브루스 채트윈Bruce Chatwin이 원주민 문화에서 걷기가 어떻게 영적 수행이 되는지에 대해 설명한 《송라인Songlines》을 비롯, 최근에는 셰릴 스트레이드Cheryl Strayed의 《와일드Wild》 또는 레베카 솔닛Rebecca Solnit의 《걷기의 인문학Wanderlust》이 출간되었다. 여기에서도 프루스트의 《잃어버린 시간을 찾아서》 제1권을 기억해야 한다. 이 작품은 '스완의 길'이라는 특정한 길을 따라 걷는 데서 영감을 받아 구성되었다. 그리고 프랑스 문학 하면 프랑수아 비용François Villon에서

샤를 보들레르<sup>Charles Baudelaire</sup>에 이르기까지, 파리의 시를 대표하는 수많은 플라뇌르<sup>Flâneur(어슬렁거리는 산책가)</sup>가 떠오른다.

걷기가 글쓰기에 이토록 자주 등장하는 주제인 이유는, 창의적인 생각을 불러일으키는 걷기의 효과뿐 아니라 걷기와 글쓰기의 수많은 유사성 때문이 아닐까?

그 유사성은 가히 놀랍다. 유사성은 아마도 우리가 리듬이라고 하는 것, 걷기와 문학이 공유하는 특성에서 출발한다. 신체적 보행을 걸음걸이라고 한다. 사람마다 고유한 걸음걸이가 있는데, 나이가 들어가면서 이 걸음걸이가 달라진다는 것을 절실히 느낀다. 아이들은 걸을 때 깡충거리고 장난을 치고 뛰다시피 한다. 키가 크고 어깨가 넓은 사람은 가끔 느릿느릿 움직인다. 어떤 악당들은 슬금슬금 움직이고, 나이 든 사람들은 가끔 발을 질질 끌기도 한다. 걸음걸이는 사소한 문제가 아니다. 마음과 정신의 내적인 상태를 드러낸다.

문학의 걸음걸이도 마찬가지다. 우리 모두 시에 리듬이 있다는 것을 안다. 그러나 산문에도 리듬이 있다. 문법에 리듬이 있기 때문만이 아니라 생각 자체도 박자에 따라 진행되기 때문이라고 본다. 생각해보라. 명제. 논증. 증명. 결론, 이런 생각의 흐름은 작곡가 콜 포터<sup>Cole Porter</sup>나 래퍼 제이지<sup>Jay-Z</sup>의 노래 가사일 수도 있다. 생각의 리듬과 걷기의 리듬이 신체의 기본 리듬을 반영하고, 신체 리듬이 우주와 자연 속 시간의 흐름, 즉 계절과 일출, 정오와 오후, 밤에 저절로 맞춰 있다면 이 전부가 다시 의식적인 사고와 꿈에 반영될 수도 있지 않을까?

독립선언문의 두 번째이자 가장 유명한 문장의 첫 번째 명제를 떠올려보라.

### 우리는 다음과 같은 진실을 자명한 진리로 받아들인다

(e hold these truths to be self-ev ident).

리듬이 느껴지는가? 문학의 모든 리듬과 마찬가지로, 이런 패턴 역시 의미의 일부인 효과를 만들어낸다. 마치 제퍼슨이나 힘 없는 식민지의 대표자가 이 선언의 명백한 진실과 정의를 강조하고자 강단을 손으로 두드리거나 발을 구르는 행위나 마찬가지다.

발에 대해 말하자면, 시poetry에서 한 음절의 발음이 '발foot'과 유사한 것은 그저 우연이 아니라, 걷기에서 따온 또 다른 은유라고 할 수 있다.

걷기는 글쓰기와 다른 특징을 공유하는데, 그중에서도 특히 걷는 동안 방향과 목적지로 경험하는 플롯이나 서사의 흐름이 그렇다. 움직임은 걷기와 글쓰기 모두의 핵심이며, 이야기를 진행하면서 줄거리가 복잡해지고 상황이 바뀐다. 걷다가 샛길로 갈 수 있는 것처럼, 줄거리가 불길한 방향으로 향할 수도 있다(실제로 어원에 따르면 '불길한'은 한때 '왼쪽'을 의미했다).

게다가 이런 공통점도 있다. 글을 쓰는 동안 우리 모두에게 속하는 독특한 관점은 보행자의 관점과 유사하다. 우리는 보고, 관찰하고, 보고 있는 것을 받아들이고, 때로는 매우 친밀하게 묘사한다. 다만 그러는 내내(심지어 자신의 감정을 묘사할 때조차) 기본적으로 관찰자이며, 다른 땅이나 우리 소유가 아닌 집과 마당, 들판과 공원에서 타인의 삶이나 우리 자신의 기억을 들여다보는 여행자다. 분명 우리 자신으로 존재하는 동시에 자신이 아닌 누군가, 그 자리에 있으면서도 글쓰기에 필요한 만큼의 심리적 거리를 두고 기록하는 존재이기도 하다. 크리스토퍼 아이셔우드Christopher Isherwood는 그의 유명한 《베를린 이야기Berlin Stories》에서 "나는 카메라다"라고 선언하며 이런 부분을 아주 잘 표현했다.

마지막으로 산책을 위해 밖으로 나가면 역설적으로 자기 안으로의 여행을 떠날 수 있다. 새장에서 풀려난 새처럼 실내에서보다 생각이 더 자유롭게 떠돌아다니는 것만 같다. 바깥으로 모험을 떠나는 동시에 안에서도 활발하게 움직인다. 글을 쓰는 동안에는 움직이는 사람뿐만 아니라 움직임을 느끼는 사람이 된다. 글 쓰는 사람은 이런 일이 매일같이 일어나기를 바란다.


**"작가의 벽 문제를 어떻게 해결하나요?"**
**"가장 좋은 두 가지 방법을 말씀드릴게요. 하나는 오래 씩씩하게 걷는 거고요. 두 번째는 손으로 직접 글을 쓰는 거예요."**

-아만다 브레이너드Amanda Brainerd, 《리트 허브Lit Hub》와의 인터뷰에서.

# 검색

글쓰기는 고고학과 비슷하다. 다만 글쓰기에서는 과거에 존재했던 문화의 증거가 아니라 미래에 존재할 무언가의 흔적을 찾는다. 노트를 쭉 훑어보라. 기록해놓은 단어 중 어떤 아이디어나 느낌, 인물, 또는 사실이든 허구든 이야기의 시작을 암시하는 흔적이 있는지 살펴보라. 그런 다음 그 단어가 자신에게 어떤 의미인지 생각해보라. 아니면 되살린 조각을 한 두 문장으로 함께 연결해보라. 이미 완성한 문장들이 몇 개 있다면, 그 문장들을 한 문단으로 구성한다면 어떨까?

이 시점에서는 자신이 쓴 글에 관한 판단을 다음 날 일정까지 유보하는 것이 좋다. 그런 다음 몇 번이고 반복할 가능성이 높은 작업 과정에서, 조금 더 냉철한 눈으로 자신이 쓴 내용을 살펴보라. 전날 쓴 내용이 생각보다 아쉽더라도 걱정하지 마라. 과정의 일부일 뿐이다. 쓴 내용을 전부 다 버리고 싶은 유혹이 생길 수도 있다. 그러나 다 지워버리는 대신 조금만 수정해보라. 땜질하라. 우리의 통찰력은 충분히 가치 있는데 우리가 사용한 언어가 그 미묘한 뜻을 제대로 전달하지 못했을지도 모른다.

의식의 차원을 하나하나 언어로 포착하려면 상당한 노력이 필요하다. 그 한 예로 언어는 무한한 혁신의 가능성을 제공하는 한편, 이러한 가능성과 일반적인 글쓰기의 문법을 고수하려는 경향 사이에서 균형을 맞추는 역할을 한다. 혁신적인 표현을 사용했는데도 그러한 표현이 말하려는 바를 온전히 전달하지 못할 수도 있다. 이럴 때는 일반적인 문법으로 보완해야 할 수도 있다.

적당한 수준에서 타협하지 않는 것이 중요하다. 다른 사람의 기준에서 볼 때 적당한 수준이라는 말이 아니다. 그보다는 자신에게 영감을 주는 통찰력이나 비전 또는 기억에 비추어봤을 때 적당한 수준을 뜻한다. 당신은 대담한 탐험가이며 이 특별한 모험에 혼자 뛰어들었다. 자신의 마음속으로 들어가 탐험하고, 그 속에서 발견한 것을 아주 정확하게 묘사할 수 있는 유일한 사람이기 때문이다.

# 진정한 울림

정확성에 대해 호주의 멋진 배우 마르타 더셀돌프[Marta Dusseldorp]가 인터뷰에서 "한순간도 거짓말을 할 수는 없다. 절대 거짓말을 해서는 안 된다"라고 말한 바 있다. 이 말을 듣는 순간 나는 그 의미를 알아차렸다. 작가에게도 이와 같은 경고가 필요하다.

"그러나 당신은 소설을 쓰고 있잖아요? 그리고 어차피 연기는 가식 아닌가요? 그렇다면 둘 다 결국은 거짓말이잖아요"라는 반론이 나올 수도 있다.

예술에서의 진실은 과학이나 법정에서의 진실과는 다르다고, 이 반론에 답하겠다. 과학이나 법정에서는 사실과 데이터로 뒷받침하는, 문자 그대로 외적 진실을 반영해야 한다. 그러나 현대 예술의 대부분은 내면의 진실을 반영하며, 이는 종종 시뮬레이션을 통해서만 표현될 수 있다.

정확해지려면 어떤 면에서는 시뮬레이션 자체가 실제가 되어야 한다. 19세기 말과 20세기 초, 처음에는 배우 사라 베르나르[Sarah Bernhardt]가, 그리고 훗날 러시아 감독 스타니슬랍스키[Stanislavski]가 연기라는 예술을 일련의 미리 규정된 매너리즘과 제스처에서 '심리적 경험'이라고 하는 것으로 바꾸었다. 이 연기를 하는 동안 배우는 감정을 표현하는 것이 아니라 실제로 감정을 느끼게 된다. 이런 측면에서 거짓말을 한다는 것은, 감정을 경험하는 것이 아니라 꾸며내는 것이다.

글에서도 비슷한 과정이 일어난다. 픽션이든 논픽션이든, 문학 창작이라는 예술에서는 실제로 느끼고 경험한 것, 또는 등장인물이나 주체가 경험했다고 느끼는 바를 진실되게 묘사해야 한다. 사람들은 종종 이야기를 꾸며내고 싶은 유혹에 빠진다. 즉, 자신이 써야 한다고 생각하는 것, 주변에서 들은 의견이나 평범한 이야기를 쓰고 싶다는 유혹을 느낀다. 그러나 이런 종류의 성실한 부정직함에서 나오는 글은 대개 매우 지루하다. 반면 진실을 말한다면 처음에는 힘들지 몰라도 훨씬 더 설득력 있는 글을 쓸 수 있다.

호주 드라마 〈어 플레이스 투 콜 홈A Place to Call Home〉에서 홀로코스트 생존자 역을 맡은 더셀돌프는 좀처럼 울지 않았다. 그 첫 번째 이유는 연기를 하든 글을 쓰든 눈물을 흘리면 청중의 감정에 영향을 미칠 수 있기 때문이었다. 그러나 더 중요한 이유는 심각한 트라우마를 겪은 생존자들이 경험하는 복잡하고 미묘한 감정의 층위에 방해가 될 수 있다는 점이었다.

소설가 패트릭 모디아노Patrick Modiano 역시 홀로코스트 이후 수십 년에 걸쳐 파리를 묘사한 여러 소설과 이야기에서 눈물을 흘리는 장면을 삼갔다. 2차 세계대전 중에 일어난 끔찍한 사건도 드물게 언급했다. 이러한 절제는 그가 묘사하려는 바의 일부였다. 집단 트라우마와 공포, 죄책감의 폐해로 당시 파리는 여러모로 무감각한 도시로 존재했다.

물론 자신의 진정한 감정이 무엇인지 생각해보려 노력할 수도 있다(어떤 경우에서든 필연적으로 그렇게 할 수밖에 없을 것이다). 그러나 글을 쓰는 자체가 더 깊고 우리가 자주 의식하지 못하는 감정을 발견하는 데 도움이 된다. 내면의 경험을 표현하는 적절한 단어를 찾을 때, 우리는 철저한 전문가가 되어야 한다. 분석적으로 검색하는 대신 단어의 소리에 귀를 기울이고 공감을 불러일으키는지 느껴보라. 내면의 경험을 소리굽쇠로 삼아라. 가장 유쾌하거나 인상적인 단어를 찾지마라. 진정한 울림을 찾아 나서야 한다.

# 조금씩

오래전, 첫 번째 책인 《여성과 자연》을 계약한 뒤 나는 책을 완성해야 한다는 사실에 눈앞이 깜깜해졌다. 그때 버몬트에서 친한 친구 아드리안 리치Adrienne Rich와 며칠을 함께 보내면서 이런 걱정과 불안감을 고백했다. 당시 우리는 아이디어와 시, 참고 자료를 주고받곤 했다. 그리고 리치는 몇 달 전 첫 산문집인 《여자로 태어난다는 것Of Woman Born》의 계약을 체결하고 이미 한 장을 다 쓴 상태였다. 리치는 자기도 처음에 같은 걱정을 했다고 고백한 뒤 자신이 깨달은 바를 알려주었다. 아드리안은 이렇게 말했다. "책 한 권을 쓰는 게 아니야. 한 문단, 한 쪽을 쓰는 거지."

1893년 6월 6일

…행동의 복잡성에 관한 한, 분명 이런 면은 상당히 개선될 수 있다. 인내심으로, 결심과 헌신으로, 무엇보다도 성찰을 통해 개선할 수 있다. 중심이 되는 작은 덩어리가 있긴 하지만 그 이상의 무언가가 필요하다. 그 생각을 위해 조용하고 창조적인 시간을 마련해야 한다. 조금씩… 딱 맞는 무엇인가가 나타날 것이다.

-헨리 제임스, 《완벽한 공책The Complete Notebooks》에서.

# 진입점

　흔히 작가들은 단어에 몰두한다고 상상한다. 작가라면 언제나 단어를 가장 먼저 떠올린다는 믿음도 있다. 말이 궁극적인 매개체이기는 하지만 무엇이든 진입점이 될 수 있다. 말의 내용이 아니라 목소리, 말이 사용되는 장면이나 말이 결국 묘사하려는 것, 실종된 사람에 관련된 플롯의 요점, 우연한 만남, 실패한 연애, 들은 이야기, 소문, 신문 1면에 실린 사진, 마을 광장에 있는 평범한 동상, 어린 시절의 모호하고 말로 표현하기 힘들지만 강렬한 기억, 가까운 사람이나 잘 알지 못해도 흥미를 끄는 인물의 성격 역시 진입점이 될 수 있다. 어떤 이미지, 격식을 갖춘 상차림, 죽은 나무의 마지막 잎새 위를 맴도는 벌새, 문간에 웅크리고 앉아 우는 아이, 낡은 자전거, 곧 무너질 듯한 17세기 건물도 가능하다. 아니면 시각적으로나 다른 방식으로 우리를 기쁘게 하거나 흥분시키는 초기 문학 형식일 수도 있고, 심지어 자기도 모르는 사이에 이미 시작된 작품 창작 과정의 무언가가 될 수도 있다.

# 처음 글을 쓰기 시작하는 곳이
# 항상 이야기가 출발하는 지점은 아니다

즉, 항상 첫 쪽에 들어갈 단어를 쓰면서 책이나 에세이나 시를 쓰기 시작하는 것은 아니다. 무엇을 쓰기 시작하든 다른 곳, 예를 들어 중간이나 심지어 마지막에 배치할 수도 있다.《여성과 자연》을 집필할 때 나는 결말을 가장 먼저 썼다. 결말에는 어떤 영적인 힘이 있는데, 나는 그 힘을 얻기 위해 앞에 쓴 장이 필요하다는 사실을 이내 깨달았다. 마찬가지로 과정 초기에 결말이 떠오르면 결말에 도달하기 위해 무엇을 해야 할지에 대해 많은 것을 알 수 있다.

어떤 글이든 시작이 가장 어려울 것이다. 시작 자체가 너무 어렵기 때문은 아니다. 시작은 때로는 어렵기도 하고 때로는 그렇지 않기도 하다. 그보다는 열두 줄로 된 시나 에세이, 천 페이지에 달하는 소설 등 어떤 글을 쓰더라도 시작을 잘 잡아야 하는 경우가 많기 때문이다. 각 장뿐 아니라 각 문단에도 시작하는 문장이 있어야 한다. 한 문단을 쓸 때 바로 전 문단에 쓴 내용을 확장한다면 그리 어렵지는 않을 것이다. 그러나 방향을 약간 바꾸거나 동쪽 또는 서쪽으로 항로를 바꾸고 바람의 방향을 느끼면서 날씨와 의도한 목적지 양쪽에 맞추어 돛을 조정해야 하는 경우도 제법 많다.

시작 부분을 썼을 때 계속하라고 이끄는 듯한 느낌을 받았다면 시작이 잘 풀렸음을 알 수 있다. 여기서 이끄는 것 같다는 말은 시작이 꼭 매력적이어야 한다는 뜻이 아니다. 그러나 시작은 결실을 거두는 길로 우리로 인도해야 한다. 그 결실이 개념, 감정, 감각 등 무엇에서 비롯되었는지는 중요하지 않다(그리고 결실이 작가를 이끌면 독자도 이끌게 된다).

첫 줄은 메리 셸리Mary Shelley의 고전 소설 《프랑켄슈타인Frankenstein》의 두 번째 장 첫 문장과 같이 단순하고 유익하며 소박할 수 있다. "나는 다음 날 계곡을 어슬렁거리며 보냈다." 이 문장은 우리를 계곡으로 이끄는 다리 역할을 한다. 재빨리 이어지는 저자의 설명은 다소 불길한 어조를 띤다. 셸리가 "빙하의 얼음벽이 나를 에워쌌다"라고 썼듯이 앞으로 다가올 사건을 예고한다.

책이나 장, 문단을 시작하는 방법은 무궁무진하다. 몇 가지 예를 들자면, 어떤 창작물이나 구절 또는 문단은 독특하고 매력적인 목소리로 시작하고, 다른 작품은 감미롭거나 거칠거나 심지어 삐그덕거리는 소리로 시작한다. 어떤 작품은 곧 전개될 플롯의 요소와 이미지와 은유, 장면 또는 캐릭터에 대한 설명을 제시하고, 또 다른 작품은 자신이 참여하는 과정에 대한 이야기로 시작한다. 무엇이든 상관없다. 지루하지만 않게 쓰면 된다.

# 신선함

수많은 노련한 작가들이 늘 노트를 가지고 다니라고 권하는 이유는, 책상을 떠나 있을 때 머릿속에 떠오른 문장이나 문득 찾아온 새로운 생각과 플롯의 반전을 잊어버릴 수 있기 때문이다. 그러나 다른 이유도 있다. 특히 시를 쓸 때 그렇지만 산문을 쓸 때도 가끔은 우연히 찾아온 단어를 정확히 표현하고 싶을 때가 있다. 잊어버린 단어를 다시 쓰려(재구성하려) 하다 보면 설명할 수 없는 마법이 사라지는 경우가 너무 많다. 월트 휘트먼Walt Whitman이 말했듯 '삶의 심장박동이 포착되는 즉시' 글을 쓰는 것이 중요하다.

# 합기도

합기도의 핵심에 접근하려면 상대의 에너지를 자신의 목적에 맞게 사용해야 한다. 예를 들어, 체구가 작은 여자가 강한 남자에게 폭행을 당하고 있다고 해보자. 이렇게 남자가 여자에게 달려들 때는 여자가 그에 맞서 싸우기보다 공격당하는 것처럼 보이게 하다가 상대의 균형을 무너뜨리면, 체구에서 밀려도 상당한 우위를 점할 수 있다.

글을 쓰면서 직면하는 문제에도 같은 기법을 적용할 수 있다. 예를 들어 어린 시절의 이야기를 먼저 머릿속에서 풀어낸 다음 쪽으로 넘어간다고 가정해보자. 그런 다음 가족의 나이와 눈동자 색, 심지어 좋아하는 옷까지 세세하게 묘사하다가 어떤 재미있는(또는 슬픈) 이야기를 들려주려면 친가 쪽 팔촌 형제가 등장해야 한다는 사실을 알게 되었다고 해보자. 그런데 그 친척은 몇 살이었고 어떻게 생겼는가? 기억나지 않는다. 형제자매도, 기억력이 희미해지고 있는 아버지도 그를 기억하지 못한다. 그 친척의 성조차 모른다. 족보학자에게 문의해볼 수도 있겠지만, 성을 모르면 가계도에서조차 찾을 수 없다. 40여 년 전, 고작 일곱 살이었던 어느 여름날 오후의 기억을 제외하면 그는 당신의 세상에서 사라진 것만 같다. 기억이 희미해졌다는 것은 불리하지만 역으로 주의를 끌 수 있다. 상상의 여지를 더 높이고, 모두가 그를 잊은 이유가 궁금해지기 때문이다. 단순히 "대니는 파란 눈동자와 잘 어울리는 파란색 작업복을 입었다"라고 적는 것보다 더 흥미롭다.

기억이 아니라 단어가 떠오르지 않을 때도 이 방법을 사용할 수 있다. 레베카 솔닛의 작품은 도시와 풍경을 연상케 하는 탁월한 묘사로 가득하다. "가장 아름다운 날에는 샌프란시스코 만의 색과 그 위의 하늘을 표현할 말이 없다"라고 쓴 글에서 우리는 솔닛을 신뢰하고 언어의 힘을 뛰어넘는 아름다움을 상상하며 경외감에 휩싸인다.

글을 쓰면서 몇 가지 실패의 가능성을 유리한 방향으로 바꿀 수도 있다. 피셔M. F. K. Fisher는 프로방스의 한 농장을 방문해서 발견한 전갈에 물린 사건에 대해 글을 썼을 때, 여주인이 프로방스식으로 외친 약초 치료법의 공식을 이해할 수 없었다. "내 언어로는 그 느낌을 살릴 수가 없었다"라고 피셔는 말한다. 이렇게만 해도 충분하다. 작가의 무능력을 드러낸 방식을 통해 독자의 상상력은 더욱 풍성해진다.

동료나 친구 또는 가족을 당황하게 하거나 엄청난 분노를 유발할까 두려워 이야기하기 꺼려질 때도 같은 전략이 도움이 될 수 있다. 사촌이 잠시 실직해서 신경쇠약 증세를 보인 적이 있다고 해보자. 이럴 때는 사촌의 정체를 밝히며 세부 사항을 설명하는 대신, 이야기의 주체를 숨기고 이야기 자체의 뼈대만 사용하여 정신적 고통과 우연찮은 실직에 자주 뒤따르는 수치심에 대해 다룰 수 있다.

한편 글을 쓰는 동안 수치심과 부끄러움 그리고 아마도 이런 감정을 드러내는 것에 대한 양가감정에 압도당할 수도 있다. 이런 경우 해결책은 감정을 억누르는 것이 아니라 활용하는 것이다. 자기 자신과 싸우기보다 수치심이나 두려움에 대해 글을 써보라. 공개하고 싶지 않은 구절은 언제든 잘라낼 수 있다. 그러나 어떤 감정이든 독자에게는 매우 매력적으로 다가갈 수 있다는 점을 기억하라. 그들 역시 종종 같은 경험을 하고 비슷한 방식으로 갈등을 느끼기 때문이다.

다시 한 번 말하지만, 이야기 전달에 어려움을 겪는 것은 개인적인 문제가 아니라 연구나 글쓰기 과정에서 누구나 맞닥뜨리는 문제일 수 있다. 이 역시 우리가 충분히 다룰 수 있는 주제다. 《보스턴 글로브The Boston Globe》가 보스턴에서 가톨릭 사제들이 저지른 광범위한 성적 학대를 가톨릭 계급이 은폐했다는 사실을 폭로하고 몇 년 뒤, 진실을 밝히기 위해 기자들이 겪는 어려움을 소재로 한 영화 〈스포트라이트Spotlight〉가 오스카에서 최우수 작품상을 수상했다.

어떤 문제에 직면하든 그 문제에 대해 글을 쓰면 문제 극복에 도움이 된다. 두 달 동안 글을 한 줄도 쓰지 않았다면 그것에 대해 써보라. "나는 두 달 동안 한 단어도 쓰지 않았다"라는 아주 간단한 문장으로 시작한다. 이렇게 시작하면 적어도 몇 개의 다른 문장이 떠오르는 경우가 많다.

이런 식으로, 우리를 가로막는 힘이 무엇이든 그 힘과 싸우는 대신 함께 힘을 모아야 한다. 그리고 자신의 경험을 면밀하고 깊게 탐구한다면 앞으로 독자들에게 가치 있는 글을 쓰게 될 것이다. 어느 부분을 검열하든 그 부분이 이야기에서 가장 매력적인 경우가 많기 때문이다.

글쓰기에는 자기 성찰, 우리가 인식의 습관이라고 부를 법한 노력이 필요하다. 완벽주의나 실패에 대한 두려움에서 벗어나 자신을 괴롭히는 문제가 무엇이든 그 문제에 깊은 관심을 기울이려고 노력해야 한다. 걱정이나 두려움에서 조금만 호기심으로 방향을 전환해도 상황이 완전히 달라진다.


내가 엑스(현지인들이 엑상 프로방스를 줄여서 부르는 말—옮긴이) 근처 농장에서 배운 또 다른 치료법은 해로운 벌레에 물렸을 때의 상처 치료법이었다. 농부의 아내 개비가 프로방스 지방과 피에몬테 지방의 방언을 섞어 사용하는 일종의 주문이었는데, 내 언어로는 그 느낌을 살릴 수가 없었다.

개비는 남편이 올리브 과수원에서 마당으로 뛰어 들어오자 비틀거리며 걷는 남편의 바지를 걷어 올리고 거친 소리로 노래를 불렀다. 남편은 개비에게 뭐라 뭐라 외쳤고, 개비는 "전갈이 물었어. 남편이 전갈에 물렸어요"라고 울부짖었다.

개비는 우리에게 주문 같은 말을 던지고 우리가 이해하지 못하자 직접 밖으로 달려 나가더니 나뭇잎을 한 움큼 주워 돌아왔다.

-M. F. K. 피셔, 《코디얼 워터A Cordiall Water》에서.

## 나만의 독서 목록

    물론 자신이 쓰려는 주제에 관련된 고전을 읽고 싶을 것이다. 그러나 그보다는 좀 더 예측할 수 없는 방향으로 이끌릴 수도 있다. 그 과정에서 무엇을 배우게 될지는 결코 알 수 없다. 그저 가슴이 시키는 대로 하라. 가장 관심 있는 책이 무엇이든 그 책을 읽어라.

# 나는 어떻게
## 글쓰기를 배웠는가?

언니는 우리가 할리우드 대로의 전설적인 픽윅 서점으로 떠나는 여행의 주동자였다. 언니와 함께 보내는 한정된 시간을 하나하나 깊이 음미했던 터라 이 유명한 서점은 내게 신성한 공간처럼 느껴질 정도였다. 처음에는 언니가 들르는 서가를 전부 따라다녔지만, 시간이 지나면서 차츰 나만의 취향을 찾아다니기 시작했다.

그중에서도 헌책 서가 사이를 돌아다닐 때가 가장 좋았는데, 맨 위층에 있는 희귀본 코너에서 두꺼운 안경을 쓰고 누렇게 변한 원고를 들여다보는 올더스 헉슬리Aldous Huxley를 발견하고는 감격에 차오르기도 했다.

한 권 한 권 책을 집어 들 때마다 나는 문학의 세계에 빠져들었다. 그 세계는 합창단이 있는 연습실과도 같았고, 다양한 성향의 목소리와 울음소리, 속삭임과 거침없는 웃음소리가 들렸다. 가끔은 부끄러운 비밀을 털어놓았고 회상의 습관으로 채워지곤 했다. 다양한 형식과 장르, 움직임과 스타일이 같은 공간을 공유하는 만남의 장소이기도 했고, 가장 오래된 단테나 사포Sappho부터 비교적 최근 작가인 딜런 토머스Dylan Thomas나 메리 매카시Mary McCarth까지, 동등한 시각에서 바라보는 존중의 태도가 넘쳐흘렀다.

나는 비공식적인 교육을 계속하면서 여러 선집을 공부했는데, 그 과정에서 로르카Federico García Lorca Lorca부터 랭보Arthur Rimbaud, 랭스턴 휴즈Langston Hughes, 피츠제럴드Scott Fitzgerald와 헤밍웨이, 도로시 파커Dorothy Parker, 마리안 무어Marianne Moore, 거트루드 스타인Gertrude Stein, 유도라 웰티Eudora Alice Welty에 이르기까지 매우 이질적인 작가들이 뒤섞인 현장을 접했다. 그 과정에서 당시 '현대문학'이라고 불렸던 모든 다양한 소리를 받아들였고, 문학 형식의 기본을 배웠다. 이렇게 선집에 푹 빠졌던 시기는 분명 내 안에서 연금술 같은 과정을 일으켰다. 그러한 형식을 인식하기 시작하자마자 직접 단편소설과 시를 쓰기 시작했기 때문이다.

고등학교에 입학한 뒤 1~2년이 지나 생각이 비슷한 친구들을 만났다. 우리는 토요일 밤에 보헤미안 분위기를 내기 위해 오래된 와인 병에 초를 꽂아, 촛농이 떨어지는 커피 테이블에 둘러앉았다. 그리고 오든W. H. Auden이나 딜런 토머스, 윌리엄 카를로스 윌리엄스William Carlos William, T. S. 엘리엇의 시 가운데 가장 좋아하는 시를 서로 읽어주곤 했다. 나중에는 패츠 도미노Fats Domino나 척 베리Chuck Berry의 음악에 맞춰 춤을 추기도 했다. 음악은 우리가 읽은 시와 더불어 우리가 써서 저널에 발표한 글에도 영향을 미쳤을 것이다. 개인용 컴퓨터가 등장하기 수십 년 전이었고, 우리는 등사기(소량의 복사물을 인쇄할 목적으로 만들어진 인쇄기—옮긴이)를 사용해 글을 찍어내고 친구들과 주변 학생들에게 돌렸다.

혁명적인 1960년대가 도래하기 불과 2년 전, 우리는 지적 반란을 일으켰다. 친구들과 함께 수업을 빼먹고 언덕을 넘어 할리우드로 차를 몰고 가 픽윅 서점에서 함께 보냈던 날의 기억이 여전히 생생하다. 픽윅 서점은 우리가 범행을 상상할 수 있는 가장 성실한 형태의 혁명이었다.

{ 물질적인 세계 }

# 단어

**언어는 화석의 시다.**

-랠프 월도 에머슨, 〈시인The Poet〉에서.

단어는 글쓰기에 원료를 제공한다. 여기에서 '원raw'이라는 표현에는 약간 오해의 소지가 있어 보인다. 인간의 의식으로 잘 빚어냈다고 할 만한 무언가가 있다면 그것은 바로 어휘다. 대부분의 단어에는 오랜 역사가 있으며, 그 역사는 시간과 공간을 가로질러 다양한, 종종 고대 문화로 거슬러 올라간다. 예를 들어 어떤 단어는 고대 영어에서 독일어와 네덜란드어, 고대 노르웨이어, 라틴어에 뿌리를 두고 있다. 그 근원은 6천 년 전 청동기 시대에 사용한 언어이자 고고학자들이 인도유럽조어라고 지칭한 언어까지 거슬러 올라간다.

우리가 사용하는 단어는 모두 공유된 역사를 통해 시간을 거슬러 올라간다. 언어에 대해 우리가 딱히 해야 할 일은 없다. 그저 단어의 공명에 귀를 기울이는 과정을 한층 강화하기만 하면 된다. 단어에는 각기 의미가 있는데, 어떤 단어에는 어원학적 의미가 있고 다른 단어에는 함축적 의미가 있기 때문이다. 대부분의 단어에는 수많은 연관성이 있으며, 일부는 문화적인, 다른 일부는 개인적인 의미를 담고 있다. 예를 들어 '단어'라는 단어를 들으면 1930년대에 작곡된

〈짧은 세 단어Three Little WORDS〉라는 곡부터 '단어가 생각나지 않는다 at a loss for words'라는 문구, 손녀딸이 처음 했던 말의 기억에 이르기까지, 단어와 관련된 지식이 머릿속에 밀려든다.

단어를 선택할 때마다 원했든 원치 않았든 그 단어에 함축된 의미도 함께 떠오를 것이다. 그러나 각 단어에 수반되는 연상 작용을 완전히 의식하지 못했더라도, 또는 그 연상 작용 때문에라도 단어를 선택할 때 의식적인 성향보다는 자연스러운 성향을 신뢰해야 한다. 단어 자체도 연상에서 영향을 받기 때문이다. 단순히 사전적 정의가 정확하다고 해서 그 단어와 타협하지 마라. 단어 자체가 딱 맞는다는 느낌이 들어야 한다.

이에 따른 결론으로 어휘를 확장해도 좋지만, 새로운 단어를 발견했을 때는 대체로 그 단어가 일반적으로 사용되는 문맥을 포함해 단어의 함축적인 의미를 제대로 이해할 때까지 기다렸다가 사용하는 쪽이 더 현명하다. 그러나 가끔은 새로운 단어를 발견하면 이미 알고 있거나 경험한 것을 더 명확히 이해하게 된다. 버지니아 울프는 자전적 에세이 〈과거의 스케치A Sketch of the Past〉에서 '양가감정 ambivalence'이라는 단어를 처음 접한 순간을 묘사한다. 울프는 아버지를 향한 감정을 언급하면서 이렇게 썼다. "내 안에는 분노와 사랑이 번갈아 가며 존재했다. 얼마 전 프로이트의 책을 읽으며 처음으로 이 격렬한 사랑과 증오의 혼재가 흔한 감정임을 깨달았다. 이 감정을 양가감정이라고 한다."

글을 쓸 때 평범한 문구를 사용하기는 쉬우며, 적합하거나 정확한 경우에는 가끔 그 문구를 사용해야 더욱 바람직하다(창의성을 발휘하기 위해 끝없이 노력하다 보면 스스로 지칠 뿐 아니라 읽는 사람도 이내 지치고 만다). 그리고 '신선함'에 대해 말하자면, 글을 쓸 때는 신선한 귀로 자신이 사용하는 언어에 귀를 기울이는 것이 중요하다. 최근 언어학자 조지 레이코프George Lakoff는 학생 부채 문제와 관련해 활동가들에게, 습관적으로 사용하는 '빚을 탕감한다forgive debts'라는 표현을 버리고 대신 '빚을 취소한다cancel debts'라는 표현을 사용하자고 제안했다. 이 캠페인에서는 학생들이 교육 때문에 빚을 지게 해서는 안 된다고 주장하는데, '탕감'이라는 단어에는 빚을 지는 것이 죄라는 의미가 내포되어 있다. 관용구를 사용하면서, 주최 측은 그들의 말이 의미하는 바를 제대로 듣지 못하고 있었던 것이다.

단어의 의미, 즉 단어 자체뿐 아니라 그 단어를 둘러싼 소리와의 관계에 대해서도 주의해야 한다. 글을 쓴다는 것은 어떤 음악을 끊임없이 작곡하는 것과도 같다. 많은 사람이 글쓰기가 추상적이라고 착각하지만, 단어에는 그 단어가 내는 소리를 통해 생기는 감각적인 힘이 있다. 따라서 단어는 물질적인 세계의 일부다. 'word'라는 단어를 생각해보라. 'w'는 다소 길게 뻗어 있고 널찍하며 입을 앞으로 내밀어야 한다. 그 뒤에 나오는 'o'와 결합하면, 초자연적인 것을 엿보다가 땅에 단단히 착지하면서 신비로운 텍스트에서 자주 나오는 언어인 우르두어를 떠올리게 한다. 동시에 '들었다heard'라는 단어와 교묘하게 운율을 맞춘 뒤 땅으로 내려오는데, 'rrrd'의 바드득 소리를 통해 표면을 뚫는 것처럼 느껴지기도 한다.

어떤 단어는 그 단어가 무엇을 재현하든 매우 낭랑하게 울려 퍼진다. 이러한 관습을 의성어라고 한다. 내가 가장 좋아하는 의성어의 예는 고양이가 가르랑거릴 때 내는 소리를 나타내는 프랑스어 단어인 호호니ronronner인데, '호르르르르나예rhonrrrunnaye'로 발음하며, 프랑스어에서 요구하는 대로 'rrs'를 굴려 발음하면 고양이가 가르랑거릴 때 나는 소리처럼 들린다.

배의 선장이 물에 대한 감각이 있어야 하듯 작가도 글에 대한 감각을 키워야 한다. 그래서인지 어렸을 때 나를 포함한 많은 작가 지망생들이 루이스 캐럴Lewis Carroll의 시 〈재버워키Jabberwocky〉를 외우곤 했다. 터무니없는 뜻의 음절로 구성된 이 시 덕분에 우리는 의미와 소리에 대해 많은 것을 배우는 여정을 밟았다. "모든 '갸날련한' 것은 초라한 새들이었다, 그리고 집을 떠난 녹색 돼지들은 '휘통'을 친다."('Il mimsy were the borogoves, And the mome raths outgrabe'라는 시구가 지금도 귓가에 맴돌며 웃음을 자아내는데, 그 웃음은 여전히 말의 이치에 관한 경이로움으로 가득 차 있다.)

**색채의 효과에는 진정한 힘이 있다. 어떤 빛 아래서 그 힘은 너무도 강력해서 그 힘 자체가 하나의 물질이 되어버리는 것 같다.**

-앙리 마티세Henri Matisse, 존 버거John Berger의

《이 카드뮴 레드를 보낸다I Send You This Cadmium Red》에서 존 크리스티John Christie가 인용.

# 단어 안에서

가끔 한 단어 안에서 영감을 불러일으키고 생각의 폭을 넓히거나, 발전시키고 있는 아이디어를 뒷받침하는 또 다른 단어를 만날 수 있다. 〈진실마저 바꿔버리는 사람들They Think They Can Bully the Truth〉이라는 제목의 에세이에서 레베카 솔닛은 '독재자dictator'라는 단어가 '좌우하다dictate'라는 단어와 관련이 있다고 말한다.

솔닛은 이렇게 쓴다. "우리 주변에는 자신의 권위가 너무 대단해서 무슨 일이든 좌우할 수 있다고 생각하는 사람들이 있다."

조금 더 상상의 나래를 펼쳐볼 수도 있다. 1970년대에 여성 운동이 열기를 띠면서 '허스토리herstory'라는 단어가 탄생했다. '히스토리'는 역사를 뜻하는 프랑스어 '히스토아histoire'에서 유래했고 '그의 이야기his story'에서 유래한 것이 아닌데도, 한동안 이 단어가 인기를 끌었다.

# 단어를 상상하기

거의 맞는 말과 딱 맞는 말의 차이는 반딧불과 번갯불만큼이나 크다.

- 마크 트웨인Mark Twain

　우리가 사용하는 단어를 상상해보자. '무뚝뚝하다blunt'라는 말이나 '방해하다impede'라는 말을 쓰고 싶은가? 둘 다 적어도 당신이 무뚝뚝한 말을 듣거나 말을 방해받는 사람이라면 바로 불편함을 느낄 법한 행동을 일컫는 표현이다. 그러나 전자는 부드러워 보이는 반면 후자는 더 단단하고 교통 장벽처럼 모호하게 합법적으로 들리므로, 충돌할 경우 의심할 여지 없이 부상을 당할 수 있다. 내가 사용하는 동의어 사전에는 '무뚝뚝하다blunt'라는 단어에 '부드럽게 하다soften', '둔하게 하다dull', '덜어내다take the edge off', '멍하게 하다numb', '무감각하게 하다stupefy', '없애다deaden', '약화하다weaken', '손상하다impair', '활력을 잃게 하다devitalize', '달래다appease', '회유하다mollify' 등 여러 동의어가 나열되어 있다. 그러나 이 중 어떤 뜻도 '무뚝뚝하다'라는 말과 정확히 같은 의미는 아니다. 도끼의 날을 무디게 하거나 없애고 싶지는 않을 것이다. 그리고 도끼에 '날edge'이 있긴 하지만, 도끼의 날을 '덜어낸다take the edge off'라는 표현 역시 어울리지 않는다. 단어는 이미지를 불러온다. 그리고 이미지는 연상 작용을 일으킨다. 예를 들자면, '그녀는 하루의 고된 노동을 레드와인 두 잔으로 덜어냈다took the edge off.'

# 은유

은유에는 매우 흥미로운 측면이 있다. 은유를 사용하면 한 가지 의미가 다른 의미로 확장된다. 은유라는 기법에서 활용되는 단어가 주로 3차원적이고 현실적이기 때문일까? 이야기에서든 현실의 삶에서든 은유는 상대적으로 희미한 사실이나 불확실한 추측에 불과한 것을 더욱 구체적이고 생생하게 바꾸는 역할을 한다.

소포클레스Sophocles의 《오이디푸스 렉스Oedipus Rex》에 나오는 오싹한 문장을 떠올려보자. "만물을 보는 시간이 당신을 찾아냈다." 이 책에서 시간은 전지전능한 탐정이나 사냥감을 쫓는 사냥꾼으로 의인화되고 있다. 이같이 은유를 사용하면 한 문장 안에 극적인 서사를 만들고 드라마 속의 드라마를 떠올리게 하는 효과가 있다. 발터 베냐민Walter Benjamin은 《1900년경 베를린의 유년 시절Berlin Childhood Around 1900》에서 "나는 방에서 6시가 왕림할 때까지 기다렸다"라고 썼다. 이 책에서 시간은 덜 위협적이면서 다소 오만한 존재가 된다. 주목할 점은 두 작품 모두에서 시간을 의인화했다는 것이다.

다른 은유에서는 인간을 동물의 영역으로 데려간다. 호머의 이야기에서 트로이 사람들은 전투에 뛰어들 때 학처럼 울부짖고 비명을 지른다. 은유를 사용할 때는 어떤 경우에서든, 실존적으로나 철학적으로 분리되어 있고 서로 다르다고 생각되는 두 가지 사물이나 존재가 동일시된다. 이디스 워튼Edith Wharton은 《순수의 시대In The Age of Innocence》에서 뉴랜드 아처Newland Archer가 갈등에 빠졌을 때의 심정을 다음과 같이 묘사하며 생생한 드라마를 떠오르게 한다. "그는 결혼이 자신의 사고방식에 익숙한 안전한 정박지가 아니라, 미지의 바다를 항해하는 여정임을 다시 한 번 깨달았다." 이런 이미지가 과장된 것처럼 느껴질 수도 있지만, 아처가 얼마나 위태로운 상황에 처해 있는지 잘 보여준다.

버지니아 울프도 소설 《등대로To the Lighthouse》에서 등장인물의 내면을 묘사하며 이와 비슷한 표현을 사용했다. "그리고 그녀는 오랜 적대자인 인생 앞에서 또다시 외로움을 느꼈다"라고 쓰면서 '인생'을 끈질긴 악당으로 의인화한 것이다. 토니 모리슨 역시 《빌러브드》에서 유사한 방식을 도입했으며, 역설적인 은유를 활용해 강력한 불의가 불러일으키는 극단적인 감정에 관해 이야기했다. "다른무엇보다도 철저하게, 그들을 계속 살아가게 한다는 이유로 그들은 삶이라는 화냥년을 죽여버렸다."

언어에는 은유적인 문구가 가득하다. 사랑스러운 느낌의 '눈으로 덮인'에서부터, 매우 특이한 '비와 개처럼 쏟아지는 비', 거의 눈에 띄지 않을 정도로 흔해진 '길을 닦다' 또는 '문을 열어주다'에 이르기까지, 우리의 정신은 여러 세대에 걸쳐 우리에게 '전해 내려온' 이미지로 끊임없이 채워지고 있다.

어원을 살펴보면 언어의 유산이 미치는 영향이 훨씬 더 강력해진다. 우리가 자주 사용하는, 추상적인 듯한 거의 모든 단어가 한때 물질적인 것들의 이름이었다. 예를 들어 진실이라는 단어가 나무라는 단어에서 진화했다는 사실을 누가 짐작할 수 있을까? (특히 곧게 쭉 뻗은 나무는 틀림없이 다양한 재료의 길이를 측정하는 데 사용되었다).

은유는 아주 짧은 이야기와 같다. 우리 인간은 이메일과 휴대전화 등 온갖 세련된 도구를 발명해왔지만, 명확하게 의사소통하거나 이해하고자 할 때 종종 세속적인 상징을 쓰며 심지어 별에 닿기 위한 수단으로도 사용한다.

# 이름 붙일 수 없는 것

삶과 정신의 근본 기준이 되는 주요 특성이 있다.

이 특성은 객관적이고 정확하지만, 이름을 붙일 수는 없다.

-크리스토퍼 알렉산더Christopher Alexander, 《시대를 초월한 건축 방식The Timeless Way of Building》에서.

경험하거나 느낀 것, 또는 관찰한 것을 표현할 단어가 없을 때는 은유를 사용하거나, 단어로 둘러싸거나, 단어로 둘러싸인 것을 묘사하여 비스듬히 포착해야 할 것이다. 주제가 모호한 만큼, 이를 설명하려는 다양한 창의적인 시도를 통해 뛰어난 글쓰기의 한 부분이 창조될 수 있다. 이 같은 시도가 무척이나 매혹적인 이유는, 삶의 의미 자체 역시 정확하게 짚어내기 매우 어렵기 때문일 것이다.

여신

그녀는 종종 정오의

공허한 잠을 통과하며

육체의 흔적을

남기지 않는다.

그러나 자연이 그녀를 감지할 때,

이 비밀스러운 습관은

그녀의 눈부시게 아름다운 형상을

끔찍하리만치 선명하게 담아낸다.

-라이너 마리아 릴케Rainer Maria Rilke, 〈프랑스 시〉에서 (수잔 그리핀 옮김).

# 문장

나는 서로 만지기 전의

단어 하나하나가 값지기 때문에,

오직 눈으로만

동사를 전할 때

연인들이 주고받는 언어를 원한다.

-차나 블로치Chana Bloch, 〈테이블을 가로질러Crossing the Table〉에서.

문장은 강과 같다. 강처럼 흐르고, 눈물을 흘리게 하고, 시선을 붙들고, 그저 삶의 끊임없는 움직임을 반영하기도 한다. 자연스러운 일이다. 문장의 핵심은 동사이며 동사 없이는 문장이라고 할 수 없다. 정의에 따르면 동사는 행동을 묘사하거나 구현하는 단어를 뜻한다.

단어가 아무리 많더라도 단어만으로는 문장을 만들지 못한다. 내가 만약 '나의 문법 교육은, 1950년 캘리포니아주에서, 오래된 방식으로, 한마디로 지루하게'라고 썼다면 문장을 완성한 것이 아니다. 그러나 동사를 추가해서 "나의 문법 교육은 1950년 캘리포니아주에서 오래된 방식으로, 한마디로 지루하게 이루어졌다"라고 한다면 문장을 완성한 것이다.

문장에 주어와 동사를 포함함으로써 누가 무엇을 했는지 알 수 있다. 내가 문장에 목적어를 추가한다면 누구에게 또는 무엇을 했는지를 알리게 된다. 각 문장은 그 자체로 하나의 이야기다. 문장은 진화하며 오직 논리적 결론을 향해서만 나아간다. 또한 우리 마음속 어딘가에 있다가 페이지 밖으로 나와, 독자의 마음속 어딘가로 이동하기도 한다('생각의 기차'라는 표현을 떠올려보라). 문장으로 구성된 노래와 시, 에세이와 소설, 이야기가 감정과 발전하는 생각, 사건 등 행동으로 이루어지듯 문장 자체는 진행형이다.

그래서 문장을 구성하는 과정이 그토록 자주 변형을 거치는 것일까? 문장을 작성한다는 것은 쓰는 내용뿐 아니라 아주 미묘한 수준일지라도 대부분 우리의 생각 자체를 변화시킨다.

작가를 변화시키는 것은 정신치료에서처럼 카타르시스가 아니라 창작이다. 언어 자체와 마찬가지로 창작은 수천 년에 걸쳐 다양한 언어와 문화권에서 전해 내려왔다. 초창기 문화권에서 이야기꾼은 주술사이거나 일종의 영적 지도자였으며, 이야기꾼의 예술이나 창작에는 본질적인 지혜가 담겨 있었다. 이는 수많은 세대를 거쳐 이야기와 함께 전달되었다. 자신의 언어를 만들어나갈 때, 즉 문장을 쓰기 시작하자마자 우리는 결코 혼자가 아니게 된다. 글을 쓰기 시작하기 전에 쓰인 수많은 책은 말할 것도 없고, 언어를 둘러싼 개체의 전부인 다양한 문화와 사회, 모임과 회의, 의식과 계보에서 비롯된 과거의 교사들과 함께 일하는 셈이다.

명료한 문장을 구성하는 창작의 고통으로 전전긍긍하다 보면 전에 눈치채지 못했던 주제의 양상을 인식할 수 있고, 이런 식으로 시야가 확장된다. 자신이 쓴 구문과 힘겹게 씨름하다 보면 뜻하지 않게 내가 완전히 옳지는 않았다는 사실을 깨닫게 되기도 한다. 이런 점에서 구문이나 어휘가 아니라 내 생각의 모순이나 결함이 문장을 어지럽히고 있다는 사실을 깨닫게 될 수도 있다. 문장을 구성할 때는 이야기나 아이디어의 중심을 찾아내야 하며, 같은 맥락에서 주제의 한 측면이나 주제와 관련된 내용을 파악해야 한다.

이와 같은 언어의 연금술을 경험하려면, 문장을 구성하는 동안 미미한 수준일지라도 새로운 무언가를 배우는 데 열려 있는 자세를 유지해야 한다. 글쓰기에서는 우리가 알고 있는 것만이 중요하지는 않다. 글쓰기는 새로운 발견으로 가득한 여정이다.

문장이 얼마나 길어야 하는지, 얼마나 많은 정보를 전달해야 하는지에 대해 고정된 규칙은 없다. 다만 자신이 쓴 글에 귀를 기울이는 것이 현명하다는 사실만은 기억하라. 소리 내어 글을 읽어보라. 그리고 소리를 느껴보라. 긴 문장은 가끔 가구로 가득 찬 방이나 탁자 위를 가득 채운 물건처럼 어수선하게 느껴질 수 있다. 자기 자신의 에너지에 주의를 기울여라. 버거운 문장을 읽을 때 갑자기 피로해지지는 않는가? 부담스러운 일거리처럼 서둘러 대충 읽게 되지는 않는가?

내가 쓴 문장이나 편집 중인 원고에서 오류나 미흡한 부분을 발견하는 경우 귀로 감지할 때가 가장 많다. 나는 소리를 통해 무언가 잘못되었음을 알아차린다. 귀에 제대로 와닿지 않는다고도 할 수 있다. 문장을 손보고 나서야 무엇이 문제인지 알게 된다.

소리를 표현할 때 수많은 형식이 있는데, 그중에서 문장은 소리의 흐름을 담아낸다. 엘리자베스 로스너의 소설《빛의 속도The Speed of Light》에 나오는 간단한 문장의 리듬을 들어보라. "그는 나를 보지만, 나는 그가 나를 보지 않았음을 알았다He looked at me and I knew he didn't see me." 여기에서 반복적인 표현은 실수가 아니라 '나를 보지see me'라는 운율에서처럼 음악을 만들어낸다. 단어에 함축된 의미가 있듯 문장에도 그 의미 아래 음악이 숨어 있다. 일하는 동안 주변에 충분한 침묵을 조성하고 내면의 소리를 들어보면 자신이 일종의 의성어와 같은 패턴을 창조하고 있음을 알게 될 것이다.

효과적인 문장의 소리는 자의적이지 않다. 오히려 생각의 과정 자체를 반영한다. 제임스 볼드윈James Baldwin의 소설《조반니의 방Giovanni's Room》을 시작하는 애잔한 문장에 귀를 기울여보라.

**내 인생에서 가장 끔찍한 아침을 앞둔 밤, 나는 어둠이 저무는 이곳 남프랑스의 대저택 창가 앞에 서 있다.**

이 문장의 흐름은 내용뿐 아니라 소리에서도 냉혹한 시간의 움직임을 예고하는 동시에 화자의 마음 역시 반영한다. 그의 마음은 돌

이킬 수 없는 사건의 기억에서 비롯된 특별한 불안으로 가득 차 있다. 그리고 그 놀라운 아름다움은 묘사하는 순간을 포착하는 정확성과 관련이 있다.

문장이 그 자체로 주의를 끌고, 저자가 얼마나 영리하며 기민하고 유능한지 보여주면 뭔가 잘못되었음을 알 수 있다. 더는 작가가 단어를 위해 일하는 것이 아니라 단어가 작가를 위해 일하게 된다. 각 문장은 작품 전체에 전적으로 필요해야 하지만 동시에 겸손으로 가득 차 있어야 한다. 현란함을 추구하는 문장은 그저 성가실 뿐이다. 우리의 놀라움을 무마하고 우아하게 다음 문장으로 이끌 때조차 눈부시게 빛나는 문장이야말로, 간직할 만한 가치가 있다.

-앨리스 맥더멋Alice Mcdermott,

〈소설의 기술 제244호The Art of Fiction No. 244〉, 《파리 리뷰The Paris Review》에서.

# 그리고 헤밍웨이

헤밍웨이가 '그리고'라는 단어를 자주 사용했다는 사실은 유명하다. 이 한 음절은 그가 빚어낸 스타일의 특징이자 근간이 되었다. 하나의 음으로 시간을 알리는 일정한 드럼 비트처럼, '그리고'를 통한 결합은 서로 다르지만 연관된 여러 동작을 하나의 긴 악장으로 구축한다. 우리가 곧바로 헤밍웨이의 솜씨라고 알아볼 수 있는 음악이 그렇게 탄생한다.

나는 그녀의 머리를 푸는 것을 좋아했다. 그리고 그녀는 침대에 가만히 앉아 있었다. 내가 그녀의 머리를 푸는 동안 별안간 내게 키스하기 위해 몸을 굽힐 때만 예외였다. 그리고 내가 핀을 꺼내 시트에 놓으면 그녀의 머리가 헐거워진다. 그리고 그녀가 가만히 있는 동안 나는 그녀를 지켜보면서 마지막 두 개의 핀을 꺼낸다. 그리고 머리가 전부 쏟아져 내려온다. 그리고 그녀가 고개를 숙이면 우리 둘 다 그녀의 머리 안에 있게 된다. 그리고 그럴 때는 마치 텐트 안이나 폭포 뒤에 있는 느낌이었다.

그는 마술처럼 느껴지는 장면을 몇 번이고 반복해서 연출하는데, 그의 소설 한 권에서 한 구절을 읽어도 우리는 감정의 우물 속으로 빨려 들어간다.

'그리고'라는 단순한 박자는 헤밍웨이가 평범한 미국식 연설을 수용하기로 한 결정과 그 맥을 함께하는데, 이는 그의 친구 거트루드 스타인을 포함한 대규모 문학 운동에서 받아들인 결정이기도 하다. 운동에서 비롯된 언어의 소리는 여전히 우리 곁에 남아 있다.

헤밍웨이의 스타일에는 중독성이 있다. 그 리듬을 듣고 나면 직접 따라 하고 싶은 유혹에 빠질지도 모른다. 그러나 현명한 사람들에게 한 가지 조언을 하고 싶다. 헤밍웨이가 성취한 스타일은 눈에 보이는 것처럼 기계적인 것이 아니다. 그는 작은 행위를 세심하게 배열하여 강렬한 감정적 서사를 능숙하게 구축한다. 그러나 진부한 표현처럼 들리게 하고 싶지 않다면 헤밍웨이의 산문을 모방하지 않도록 주의하라. '그리고'를 반복해 사용하면 지루할 수 있다. 헤밍웨이의 사례를 우리에게 주어진 무한해 보이는 가능성의 우주, 또는 작가로서 직접 발견하게 될 많은 가능성 중 하나로 삼아라.

# 전치사

위에above, 가로질러across, 에서at, 앞에서before, 아래before, 너머beyond, 옆에by, 위해for, 에서from, 에in, 안에inside, 안으로into, 넘는over, 으로to, 쪽으로toward, 에upon, 함께with, 이내에within. 아주 작은 단어들이다. 왜 이런 단어에 신경을 써야 할까? 이런 단어를 잘못 사용하면 글이 어색해 보이기 때문이다.

그러나 쉽게 고칠 수 있다. 특정 전치사가 특정 동사와 함께 개별 의미를 전달하기 위해 사용되는 경우 어떤 운율이나 이유가 없는 경우가 많기 때문에, 이런 부분을 고칠 때 논리에 의존할 수는 없다. 애버크롬비 씨 '에서at' 편지를 보내지 않고 애버크롬비 씨 '에게to' 편지를 보내야 하는 데는 명확한 이유가 없다. 그러나 애버크롬비 씨가 2020 채링 크로스 로드 '에서at' 산다고 말할 수는 있어도, 그가 2020 채링 크로스 로드 '안에in' 산다고 말해서는 안 되는 이유는 분명하다(도로 안에 산다면, 그가 위험에 처해 있지 않다면 괴짜라는 뜻이기 때문이다).

전치사에는 분명 성향이 있지만, 타당한 이유 없이는 어기지 않는 것이 가장 좋다. 이는 언어 습관의 결과이기도 하다.

전치사는 미묘한 의미를 전달한다. 예를 들어 '이야기하다speak to'와 '이야기를 나누다speak with'의 차이점은 주로 정서적이다. '이야기하다'는 "청소부에게 먼지에 대해 이야기하겠습니다"와 같이 위계 질서를 암시하는 반면, '이야기를 나누다'는 보다 민주적인 관계를 암시한다. "청소부와 함께 그 문제에 대해 이야기를 나눠보겠습니다." (물론 문맥과 어조에 따라 '와 함께with'는 징계와 경고를 의미할 수도 있다.)

마찬가지로 '의of'를 사용할 때도 여러 가지 의미가 있다. 각 전치사는 특정한 의미를 지칭한다. '입 밖에 꺼내어out' 말하는 것은 용감하지만 '상황에 맞지 않게out of turn' 말하는 것은 무례할 수 있다.

'~에게to'라고 말할 때는 누군가에게 말을 건넬 수도 있고, 하원의장이 탄핵 문제 '에 대해to'말할 때처럼 어떤 주제나 문제에 대해 말하거나 이야기할 수도 있다.

작가가 개발해야 하는 많은 기술과 마찬가지로, 글을 많이 읽을수록 전치사나 조사의 습관적인 사용을 더 많이 이해하고 몸에 익힐 수 있다.

# 긴 문장

먼저 한 가지 경고를 하겠다. 긴 문장을 쓰는 데는 상당한 기술이 필요하다. 성공했을 때는 아주 멋지지만 그만큼 망치기도 매우 쉽다.

문장을 만들 때는 문법만 고려해야 하는 것이 아니다. 문장은 의미의 단위다. 그러나 동시에 지루할 정도로 반복적이지 않으면서 조화로운 박자를 이루는 하나의 음악이기도 하다. 우리가 할 일은 하나의 아이디어나 느낌, 감각 또는 사물과 다른 사물의 관계를 알고(또는 글을 쓰면서 발견하고), 그 관계가 근접성과 비례성, 음악뿐 아니라 의미 면에서도 반드시 드러나도록 하는 것이다.

긴 문장을 한번 시도해보라. 실패하더라도 많은 것을 배우게 될 것이다.

# 뒤죽박죽

때로는 문장이 장애물 코스처럼 보일 수도 있다. 마치 뻥 뚫린 도로를 따라 운전하는 대신 일련의 우회로를 지나가야 하는 것과 같다. 이럴 때는 우회로가 정말 필요한지 스스로 물어보라. 글을 쓰다 보면 온갖 잡생각과 흥미로운 연상이 떠오를 것이다. 그러나 이러한 생각 중 상당수가 독자에게는 문장의 의미를 모호하게 하는 역할을 할 뿐이다. 설명하는 내용이 복잡하거나 어려운 경우 더욱 그렇다.

# 스타인의 문장

남는 것은 누군가가 구축한 감각뿐이다.

-존 애시베리John Ashbery

거트루드 스타인의 글을 읽으면 경이로운 일이 일어난다. 스타인의 말이 온전히 이해된다는 느낌이 든다. 이는 생각보다는 느낌, 아니, 어쩌면 육체적인 느낌에 가깝다. 스타인의 문장은 익숙한 방식으로 뼛속까지 전달되도록 구성되어 있다. 일반적으로 의미가 구축되는 패턴과 비슷하게 다가온다. 예를 들어보자.

한 문장. 아름다운 날이고 만족스럽다.
한 문장. 그들이 가져야 할 것에 대해 무엇인지 생각하게 될 것이다.
한 문장. 그들이 그 일을 즐긴다는 사실을 깨달을 때 그것은 온다.

그러나 이런 문장이 머릿속에 들어올 때 우리는 혼란스러워할 것이다. 문장의 의미를 좀처럼 파악하기 어렵다. 그러면서도 믿을 수 있는 화자의 명확한 안내처럼 매우 단순하고 매우 적절하게 다가온다. 우리는 이 목소리를 신뢰하게 된다.

스타인은 어떻게 이런 일을 해냈을까? 나는 이 질문에 답하려 하지 않을 것이며, 이 자리에서 문학적 주석이나 해석학을 언급하지도 않을 것이다. 다만 〈재버워키Jabberwocky〉에서 루이스 캐럴은 단어를 모방하지만, 여기서 스타인은 문법을 성공적으로 모방한다는 점을 지적하고 싶을 뿐이다. 저서 《어떻게 글을 쓸 것인가How to Write》의 〈문장Sentences〉이라는 장에서 스타인은 완전한 문장의 익숙한 구조를 창조하는 방식으로, 우리가 말을 몰랐던 유아기 때부터 인식하는 법을 배웠던 리듬에 따라 평범한 문구를 새롭게 조합한다. 그리고 스타인의 작품은 이러한 패턴이 지닌 위대한 힘을 드러낸다.

스타인의 작품에서 익숙함에 가려진 언어의 소리는 감각에서 벗어나 있다. 이 분열은 우리를 무척 긴장시킬 수도 있고, 웃게 할 수도 있다. 후자의 효과를 얻으려면 스타인의 작품을 근엄하게, 큰 소리로 읽어야 가장 좋다.


문장은 결합으로 이루어지는 동시에

근처를 돌면서

한 쌍이 되기 위해

아틀라스라는 이름의

감사한 회의를 만든다.

빌려준 동전

이것이 문장이 하는 일의 전부다.

# 문단

일주일에 몇 번씩 걷는 길을 따라가다 보면 집에서 두 블록 떨어진 곳에 리모델링 중인 집이 나온다. 인부들이 벽을 모두 허물고 난 뒤라 목재 구조만 남아 있다. 이 집의 매력에 빠진 사람이 나 말고도 있는지는 모르겠다. 무슨 이유에서인지, 집 구조가 드러나고 뼈대부터 시작해 서서히 집이 재건되는 모습을 지켜보는 것을 즐기게 되었다.

건축과 마찬가지로 문학에도 구조가 필요하다. 문장으로 배열되기 전 단어만으로는 구조를 갖추지 못한다. 오히려 문장은 건축에 사용되는 목재나 강철, 콘크리트 같은 재료와 마찬가지다. 문장에는 분명 구조가 있다. 그러나 문단에 들어서면서 작품 전체가 완성되는 과정을 볼 수 있다.

완성된 작품과 마찬가지로 대부분의 문단에는 시작과 중간, 끝이 있다. 의미 전달을 위해 문장 안 단어에 순서를 정하는 것과 마찬가지로, 문단의 의미와 영향력 역시 문장의 내용뿐만 아니라 순서에 따라 정해진다. 달리 말하자면 문자 그대로의 의미뿐 아니라 문장이 어디에 배치되느냐에 따라 그 영향력이 결정된다는 뜻이다. 한 문단 내에서 문장은 더는 분리되어 있지 않다. 문장은 하나의 단위로 함께 작용한다.

따라서 문단은 임의의 들여쓰기로만 형성되는 것이 아니다. 실제로 문단은 다양한 길이로 구성될 수 있고, 때로는 한 문장으로도 구성될 수 있다. 한 단어나 느낌표로도 가능하다. 4분의 1쪽을 채울 수도 있고 여러 쪽에 걸쳐 이어질 수도 있다. 문단을 문단으로 만드는 것은 길이가 아니라 내용이다. 문단은 의미의 단위다. 그리고 그 의미를 전달할 수 있도록 짜임새 있게 구성되어야 한다.

패티 스미스Patti Smith의 《저스트 키즈Just Kids》의 첫 장에 나오는 한 문단은 "자질과 재능이 있는지는 확신할 수 없었지만, 나는 진심으로 예술가가 되기를 바랐다"라는 문장으로 시작한다. 이 문장은 앞으로 이어질 내용의 뼈대가 되는데, 여기서 스미스는 어느 날 밤 텔레비전에서 〈베르나데트의 노래The Song of Bernadette〉라는 영화를 보던 중, 어린 성인이 신의 부름을 간절히 원하지 않았다는 사실을 깨달았다고 한다. 이 문단이 끝나기 전에 이런 부분이 마음에 걸렸다고 썼다. "가난한 소작농의 딸이라는 신분은 신경 쓰지 않았지만, 계시를 받지 못할까 봐 두려웠다."

문단의 마무리는 문단의 시작만큼이나 중요하다. 예술가가 되고 싶다는 소망이 어떻게 발전했는지 설명하는 이 문단은 그 자체로 완성도가 높다. 이 문단은 짧고 간결한 답변을 피하고 질문의 여지를 남겨두면서, 화가가 되고자 하는 열렬한 소망을 충분히 설명하고 있다. 그래서 "나는 키가 10센티도 더 자랐다"로 시작하는 다음 문단에서 새로운 주제로 넘어갈 수 있다.

문단이 시작되기 전과 끝난 뒤의 공백은 문단을 정의하며, 사용된 단어만큼이나 의사소통에 무척 중요한 요소다. 시와 산문 모두에서 빈 공간은 수많은 의미가 담긴 기호로, 약간의 멈춤과 한숨, 들숨과 날숨, 다리, 단절 또는 다른 방향, 긴장감, 답 없는 질문과 감탄을 수많은 다른 메시지와 함께 전달하거나 그저 단순한 끝을 암시하기도 한다. 이 공간이 좀처럼 중립적이지 않다는 점을 작가로서 기억해야 한다. 이 공간이 또 다른 도구를 제공한다는 점도 기억해야 한다. 그러나 여백만으로는 문단을 구성할 수 없다. 문단은 물리적 행위나 마음과 정신에서 일어나는 변화를 통해 발전해야 한다.

시간이 지나도 살아남는 여느 형태와 마찬가지로, 문단이 제공하는 미적·인지적 선택의 범위는 무한해 보인다. 문단 자체가 온전한 작품이 될 수 있다는 개념도 그 범위 내에서 가능하다. 산문시와 짧은 단편소설은 이런 식으로 문단을 활용한다. 클로디아 랭킨Claudia Rankine의 강렬한 작품인 《시민: 미국적 서정Citizen: An American Lyric》은 이야기와 산문시, 에세이 등 각각 독립적으로 존재할 수 있는 문단으로 구성되었다. 그러나 한데 모이면 떨어져 있을 때보다 훨씬 더 강력한 힘을 발휘한다. 이 글의 형식은 얼핏 무관해 보이는 인종차별이 수천 개의 소소한 사건에서 누적된 힘을 모아, 심각한 해를 끼치는 방식이라는 글의 주제를 반영한다. 랭킨이 "어떤 순간에는 심장에 아드레날린이 솟구치게 하고 혀를 바싹 말리며 혈관을 막히게 한다"라고 쓴 것처럼 말이다.

문단을 구성하다 보면 전체 원고의 어떤 특성이 떠오를 것이다. 목소리와 어조, 인물과 초점, 스타일과 선택한 동사 시제(과거, 현재, 미래)가 어우러져, 마치 살아 있는 생명체처럼 그 존재 방식과 특유의 반응, 고유한 의지가 있는 하나의 개체를 형성하는지 보고 느낄 수 있게 된다.

　때로 작가는 이런 특성을 논리적으로 선택하기도 한다. 그러나 주제에 몰입하고, 주제를 깊이 호흡하고, 주제와 함께 걷고 잠을 자고, 주제를 꿈속으로 들여보내고, 한 구절 한 구절 언어에 담아낸 뒤에야 비로소 그 의미가 다가올 때가 더 많다. 몇 시간 또는 며칠, 심지어 몇 주 동안 어떤 접근 방식을 취할지 고민하다 보면 작품이 말을 걸기 시작한다. 그리고 그 독백의 산물은 대개 한 문단이다.

{ 온전하게 만들기 }

# 구성

어떤 계획에도 방해받지 않고 문학적 공간을 날아다니는 것은 짜릿하다. 그러나 구체적인 구조를 염두에 두지 않고 글을 쓴다면 어리석어 보일 수도 있다. 시에 제출할 교통 혼잡 보고서를 작성하는 경우라면 더욱 그러할 것이다. 그러나 아이디어의 조각을 좇거나 이야기의 흔적을 따라 글을 쓸 때 섣불리 구조를 만들려 하면 예기치 않은 반전과 우여곡절을 놓칠 수 있다. 너무 일찍 구조를 정하면 판에 박은 형식과 예상되는 내용, 일반적인 내용에 그칠 가능성이 높다. 그러나 작품이 구조를 서서히 드러내도록 내버려두면 독특하지 않더라도 그 구조가 의미에서 필수적인 부분이 될 것이다. 그리고 맞춤 제작된 다른 모든 것과 마찬가지로 작품에 딱 들어맞을 것이다.

(의심할 여지 없이 아직 문학에 나타나지 않은 많은 구조를 비롯해) 구조가 많다. 내가 보기에는 완전한 구조란 없다. 어떤 구조도 다른 구조보다 특별히 우월하지 않다. 무엇이 작품에 가장 효과적일지의 여부가 더 중요하다. 작품이 우리에게 이 사실을 직접 알려주게 하라.

가장 흔한 구조는 시간순 배열인데, 아마도 서사가 연대기와 긴밀하게 연관되기 때문일 것이다. 특히 어떤 사건이 발생했고 그 뒤 어떻게 진행되었는지의 경우에서처럼, 인과관계의 단서가 암시될 가능성이 클 때의 구조가 그렇다. 그러나 이야기 속 사건의 연대기가 어느 방향으로 향할지는 정해져 있지 않다. 책 전체가 회상의 시간이 될 수 있다. 이야기가 진행되는 중간에 회상할 수도 있다. 서로 다른 시기를 엮을 수도 있다. 또는 내가 《돌의 합창A Chorus of Stones》에서 했던 것처럼 시간을 거슬러 올라갈 수도 있다.

에세이를 쓸 때는 명제나 정치적 입장으로 시작한 다음(적어도 저자의 눈에) 그것이 왜 사실인지 그 이유를 설명하는 것이 일반적이다. 논문의 주장에는 예시나 비공식적 증거로 제공되는 하나, 또는 여러 줄거리가 포함될 것이다. 이 경우에는 각 이야기 안에 연대기가 배치된다(또 다른 종류의 줄거리인 아이디어의 형성도 시간이 지나며 발전한다).

주어진 주제의 해당 측면을 단계별로 다루면서 도식적인 형태를 취하는 작품을 쓸 수도 있다. 이런 작품에서는 집에 있는 방을 둘러볼 때처럼 공동 모임 장소인 응접실이나 거실에서 시작해, 마침내 침실처럼 가장 사적인 공간으로 이동한다.

물론 이런 구조는 목소리와 주제에 연결되어 있으며, 적절하게 숙성하면 대부분 자연스럽게 드러난다.

생성적인 구조야말로 올바른 구조다. 생성적인 구조는 주제나 작품 자체에 대한 새로운 통찰력으로 인도한다. 구조가 올바르다는 또 다른 신호는 작업을 방해하기보다 촉진한다는 점에서 드러난다. 이런 면에서 칼뱅주의적 작업 윤리, 즉 '소매를 걷어붙이고 일하라'라는 말은 비생산적이다. 주어진 작품의 구조를 발견해야 할 현상이라기보다는 완성해야 할 과제로 생각해야 더 도움이 된다. 작가들은 줄거리가 어떻게 될지 전혀 모르는 채 작품을 시작하는 경우가 상당히 많다. 유명한 예를 들자면, 시몬 드 보부아르Simone de Beauvoir는 《파리 리뷰The Paris Review》와의 인터뷰에서 "나는 줄거리를 구상하기 한참 전부터 소설을 쓰기 시작한다"라고 밝혔다.

소설을 구상하면서 찾아오는 올바른 형식과 구조, 목소리는 우리가 다음 장으로 넘어가도록 재촉하지는 않더라도 어떤 영감을 불러일으킨다.


**그는 탐정 소설을 좋아했다. 소설가가 자기만의 경계를 설정하고 단어의 효율성에 집중할 수 있는 이상적인 서사 구조를 소설의 공식에서 발견했다. 그는 의미심장한 세부 사항을 즐겨 사용했다. 한때 셜록 홈스 이야기 〈붉은 머리 연맹The Redheaded League〉을 읽으면서 탐정소설이 다른 어떤 장르보다 아리스토텔레스의 문학작품 개념에 더 가까우며, […] 탐정소설의 경우 통일성은 미스터리 자체에 따라 주어진다는 사실을 발견했다.**

—알베르토 망구엘Alberto Manguel, 《보르헤스와 함께With Borge》에서.

# 뼈대 문장

작품 전체에 걸쳐 각 문단(또는 구절이나 장)에는 구조를 제공하는 뼈대 문장이 있어야 한다. 뼈대 문장은 일반적으로 첫 번째 문장이 된다(때로는 두 번째 또는 세 번째 문장이 되기도 한다). 이러한 문장을 통해 독자는 눈앞의 주제에 주의를 집중하고 이후에 나오는 내용이 무엇이든 그 관점에서 읽을 수 있다.

다음은 다이앤 존슨Diane Johnson이 쓴 《메러디스 영부인의 진실한 역사 그리고 다른 작은 삶들The True History of the First Mrs. Meredith, and Other Lesser Lives》이라는 책의 중간에 나오는 문장으로, 이 한 문장으로 한 문단이 시작된다. "역사가가 포착하기에 결혼의 죽음만큼 더딘 과정은 없다."

그다음 줄은 존슨이 왜 그리고 어떻게 결혼이 그토록 더디게 와해되고 있다고 판단하는지 설명한다. 보통의 전기 작가와 존슨 자신을 대문자 'H'의 '역사가Historian'라고 모호하게 언급하는 것도 앞으로 전개될 이야기의 분위기를 조성하는데, 연민을 자아내면서도 아이러니하고 재치 있는 분위기다.

뼈대 문장은 종종 사실을 언급한 이후, 즉 뼈대를 잡고자 하는 문단이나 구절의 적어도 일부를 작성한 이후 말하려는 주제가 무엇인지 더욱 선명해졌을 때 작성된다. 시어도어 로스케Theodore Roethke의 유명한 시 〈깨어남The Waking〉의 한 구절을 빗대어 표현하자면, "가야 할 곳에 가면 알게 된다."

# 전환

　동일한 주제를 다루거나 일반적인 장면을 묘사하는 문단이 하나 이상 있을 때는 주제를 바꾸고 싶을 수 있다. 이런 경우에는 전환을 만들어야 한다.

　전환은 서로 다른 두 주제나 사건 또는 스타일을 연결하는 다리와 같다. 두 가지를 결합하는 방식에 관해 쓰거나 그저 빈 공간을 활용해 변화를 암시할 수 있다. 나타샤 트레처웨이Natasha Trethewey의 탁월한 회고록《메모리얼 드라이브Memorial Drive》에서는 목소리와 어조를 모두 바꾸어 5장에서는 '나'("나는 방에 들어와 문 앞에 서 있다…")라고 쓰고, 6장에서는 역설적으로 더 친밀한 '당신'("당신은 기억하고 싶지 않아도 기억한다…")으로 바꾸면서 각 장 사이의 빈 공간을 다리로 활용했다. 이는 변화를 설명하려는 그 어떤 시도보다 더 효과적이다.

　무엇이 효과가 있고 또 효과가 없는지 어떻게 알 수 있을까? 인생의 다른 많은 일과 마찬가지로, 결국 유일한 방법은 시도해보는 것이다.

　전환은 새로운 아이디어를 도출하고 그 과정에서 색다른 연결을 시도할 때 특히 어려울 수 있다.

　독자를 새로운 영역으로 안내하는 한 가지 방법은 이미지를 사용하는 것이다(아이디어가 추상적일수록 구체적인 예시를 통해 더 큰 효과를 얻을 수 있다).

소리와 마찬가지로 이미지도 감각적인 경험을 통해, 일반적으로는 연결되지 않는 주제를 하나로 엮는다. 이미지는 독자가 더 높이 도약할 수 있도록 이끈다. 착지할 곳이 단단한 땅처럼 익숙해 보이기 때문이다.

예를 들어 이야기와 사고의 흐름을 전부 따라가는 경우와 같이 둘 이상의 전환이 필요할 때도 있다. 한 번의 전환이 무대 위 속삭임처럼 보이더라도 두 번의 전환을 포함하면 지각이 활성화된다. 두 번의 전환을 엮으려면 보통 둘 이상의 실이 필요하기 때문이다.

전환은 또한 뜻밖의 통찰력과 계시를 제공하여 작품을 더 깊이 이해할 수 있도록 이끈다. 비록 공백을 사용하여 변화를 나타낼지라도 서로 다른 요소를 결합함으로써, 우리가 쓴 다양한 부분에서 전체를 창조하게 된다. 독자는 우리가 지은 다리를 탐색하면서 전체 지형 역시 발견할 것이다. 조금씩, 하나씩 다리를 건너다 보면 명확한 비전이 생긴다. 그러므로 다시 한번 강조하지만 어떤 다리를 놓을지, 어떻게 놓을지 고민이 될 때는 산책을 하거나 잠을 청하는 것도 좋다. 지식이 무르익으려면 데 시간이 걸리게 마련이니까.

# 병치

병치는 청중의 상상력을 자극하여 부족한 부분을 채울 수 있도록 한다. 영화에서는 이 기법을 몽타주라고 한다. 문자 그대로의 의미로 몽타주는 단순히 편집을 의미한다. 그러나 이 연결에 관해 설명하지 않고 하나의 사물을 다른 사물 옆에 놓는 편집 방식을 의미하기도 한다. 1925년 예이젠시타인Eisenstein의 고전 영화 〈전함 포템킨 Battleship Potemkin〉을 본 적이 있다면 일련의 장면을 잊지 못할 것이다. 영화의 한 장면에서는 늙은 여자, 아기를 태운 유모차를 밀고 있는 젊은 여자를 비롯해 외부 계단에 있는 다양한 사람이 나오고, 다음 장면에서는 아래 항구에 있는 전함이 등장한다. 그다음 장면에서는 안경이 깨지면서 할머니가 비명을 지르고, 다음으로 젊은 여자가 밀던 유모차가 계단 아래로 굴러떨어진다. 관객은 저절로 앞의 두 장면과 다른 두 장면을 통합하고, 전함이 계단의 군중을 향해 발포했다는 결론에 도달한다.

문학에서도 이와 비슷한 효과를 활용할 수 있다. 각 부문이 여러 편의 짧은 글로 구성된 나의 책《여성과 자연》에서 나는 〈노새Mules〉라는 글과 〈쇼를 하는 말Show Horses〉이라는 글을 병치했다. 나는 내 책에서 여성이 두 가지 역할, 즉 모욕적이면서도 모순된 역할에 시달리고 있는 관계에 대해 직접적으로 설명하지 않았다. 이 부분을 쓰면서도 이런 식으로 여성의 상황을 설명하는 것이 지나친 단순화처럼 느껴진다. 대신 독자가 다양한 결론을 내릴 수 있게 하여, 의미가 더 미묘하고 개방적으로 전달될 수 있도록 했다. 그리고 마지막으로 독자를 공동 작업자로 참여시키면 민주적이면서도 창조적이며, 다른 사람의 머리와 마음에서 통찰력이 계속 발전할 수 있다.

예이젠시타인과 티세가 크림반도에서 〈전함 포템킨〉의 장면을 촬영하던 중 이런 일이 발생했다. 어느 날 그들은 세바스토폴에서 남쪽으로 내려가 한때 러시아 차르의 궁전이었던 알룹카에 도착했다. 정식 정원 주변을 산책하면서 그들은 궁전에서 아래 정원으로 이어지는 계단을 장식하는 대리석 사자를 보았다. 첫 번째 사자는 잠들어 있었다. 두 번째 사자는 깨어 있었다. 세 번째 사자는 몸을 일으키고 있었다. 몽타주!
세 필름을 편집하면 돌 사자를 움직이게 만들 수 있다!

–마리 시튼Marie Seton, 《세르게이 M. 예이젠시타인Sergei M. Eisenstein》에서.

# 혈자리

첫 줄과 마지막 줄은 본질적으로 상서롭다. 작품과 장을 시작하든, 문단과 구절, 또는 문단을 시작하든, 일부 침술가들이 혈자리라고 하는 곳과 같은 역할을 한다. 몸 전체에 침을 놓으면 치료할 수 있는 혈자리가 있지만 혈자리가 전부 다 같지는 않다. 어떤 자리는 다른 자리보다 효과가 더 크다. 모든 글의 첫 줄과 마지막 줄은 혈자리와 같다. 첫 줄은 우리를 새로운 세계로 안내한다. 처음에는 이름을 붙일 수조차 없는 세계다. 그러나 호기심을 느끼거나 감동을 받거나 즐거워하나 놀라거나, 아직 이름 붙일 수 없는 다른 어떤 방식으로 동기가 생기기 때문에 우리는 기꺼이 그 세계에 들어선다.

'악랄한 부엌'이라는 표현처럼 우리는 첫 줄만 보고도 허를 찔릴 수 있다. 마음을 가다듬고 좀 더 읽어보면 실비아 플라스Sylvia Plath의 시 〈레스보스Lesbos〉의 첫 줄은 금지된 감정의 강렬한 세계로 우리를 바로 안내한다. 마지막 줄은 결론이 아닐지라도 목적지임이 틀림없다. 지금까지 나온 내용이 작가와 독자 모두 어떤 변화를 경험하게 하는 여정이 된다. 플라스의 시는 "당신의 열반에서도 우리는 만날 수 없다"라는 마지막 줄로 끝을 맺으며, 처음에 화자가 부엌에 투사했던 분노와 적대감을 표현한다.

# 시적 진행

　작품의 구조가 진화할 수 있는 또 한 가지 방법은 시를 통해서다. 시는 또 다른 나라다. 예술의 정확한 지도를 그린다면 시는 음악과 무용의 경계에 있을 것이다. 실제로 시는 단어로 이루어진 음악의 한 형태다.

　우리가 공유하던 과거에는 문학과 음악의 경계가 지금보다 훨씬 덜 명확했다. 문자가 사용되기 전에는 서사시를 암기하고 낭송했으며, 시는 이러한 방식으로 한 세대에서 다음 세대로 전승되었다. 이와 같은 발전 과정에서 내용 못지않게 소리로도 다양한 이야기가 형성되었다.

　캐롤라인 알렉산더Caroline Alexander의 탁월한 번역본에서 발췌한 《일리아스Iliad》 제7권의 도입부를 살펴보자.

바다를 건너느라 피로에 지친
팔다리가 약해졌을 때,
간절히 열망하던 선원에게 신이 순풍을 보내주듯이,
간절히 열망하던 트로이인들 앞에
그렇게 두 사람이 나타난 것이다.

시뿐 아니라 시적 산문이나 음악적 산문에서도 반복되는 음절과 단어, 행의 리듬(보격), '신이 보내준god grant'에서처럼 자음의 반복(두운), 모음의 낭랑한 울림이 약간의 변주를 통해 음악을 창조한다.

시와 시적 산문 모두 의미를 전달하지만, 또 다른 의식의 영역, 즉 창조적이고 때로는 수수께끼 같은 앎과 존재 방식으로도 이야기한다. 이는 모든 음악에 의해 깨어나는 의식의 한 형태로, 몽상과 꿈, 직관 그리고(왠지 모르게 오랫동안 익숙하다는 느낌이 드는) 어쩌면 갑작스러울 통찰과 더불어 뼛속 깊이 느껴지는 종류의 계시와 유사하다.

준 조던June Jordan의 시 〈추모: 마틴 루터 킹 주니어In Memoriam: Martin Luther King, Jr.〉에 나오는 다음 구절에 귀를 기울여보라.


"내일은 어제를 찢고 짓밟고
악화하고 훼손하고 망가뜨리며
미친 듯이 달리고 위협하고
치명적인 노예가 되어
오싹하게 하고 믿음을 무너뜨린다."


위의 행에서 독자를 문제의 핵심으로 이끄는 일종의 마법이 발생했다면, 그 마법은 분명 작가가 글을 쓸 때 방향을 제시하고 시의 구조를 구축하는 데도 영향을 미쳤을 것이다.

당신이 쓰는 단어의 음악은 당신을 내면 깊은 곳으로 이끌며, 이미 느끼고는 있었으나 아마도 꿈속을 제외하고는 깨닫지 못했을 무엇인가를 되찾게 한다.

그리고 이런 점도 있다. 신경과학자 인드레 비스콘타스Indre Viskonta는 근육과 연결된 뇌와 동일한 중추가 목소리 상자에도 연결되어 있다고 말한다. 따라서 글을 쓰면서 길을 찾기 위해서는 그냥 춤을 추어야 할지도 모른다.

**생각과 의미, 비전, 음악이 완성된 뒤에 나오는 바로 그 단어들은, 가장 신비로운 방식으로 이미 그 안에 들어 있다.**

　　　　　　　　　　　　-C. K. 윌리엄스C. K. Williams, 《휘트먼에 관하여On Whitman》에서.

# 나는 어떻게
# 글쓰기를 배웠는가?

고등학교에 입학하기 몇 년 전, 내가 접한 음악 전부가 마음속에서 무의식적으로 일어나는 연금술을 불러일으키면서 시와 단편소설을 쓰게 되었다. 내가 좋아했던 시들과 마찬가지로 내 시에는 운율이 없었다. 엄격한 문학 형식이 없다는 점은 특히 1950년대의 억압적인 10년 동안 젊은이들 사이에서 번성했던, 사회적 형식에 대한 반항을 반영했다(당시에는 자유시가 하나의 형식이었으며 내가 그 형식을 채택했다는 사실을 알지 못했다).

나에게 영감을 준 현대시의 특징은 운율의 부재만이 아니었다. 아르튀르 랭보의 시 첫 줄을 접했을 때 느꼈던 전율을 기억한다. "그래서 어머니는 의무서를 덮고/ 자랑스럽고 만족스럽게, 떠났다. 그녀는 그 표정을 보지 못했다/ 푸른 눈동자에 담긴, 아니면 은밀한 증오가/ 선명하게 드러나는 눈썹 아래/ 그녀의 아이에게서 격노하는 영혼을".

몇 년이 지나서야 내가 랭보의 시에서 해방감을 느낀 여러 작가 중에서도 앨런 긴즈버그Allen Ginsberg와 패티 스미스의 긴 대열에 서 있었다는 사실을 깨달았다. 랭보의 잔인할 정도로 솔직한 목소리는, 당대의 숨 막힐 정도로 엄숙하고 답답한 분위기를 뚫고 나가는 길을 열어주었다. 그의 서사시 〈취한 배The Drunken Boat〉의 한 줄을 인용하자면, "물은 내가 자유롭게 나의 길을 가게 했다."

# 침묵의 공간

문단이나 긴 구절 사이에 있는 침묵을 상징하는 빈 공간은 문학에서 중요한 역할을 한다.

음악에서와 마찬가지로 단어와 단어 사이의 아주 짧은 멈춤부터 문장 사이의 약간 긴 멈춤, 때로는 연설이 끝날 때 울려 퍼지는 듯한 소리의 멈춤에 이르기까지, 침묵은 언어에서든 작품의 구조에서든 중심이 되는 요소다.

음악과 언어 모두에서 침묵은 그 어떤 리듬 패턴에서든 없어서는 안 될 필수 요소다. 침묵이 없다면 노래와 탭댄스, 플라멩코 춤에 따라 나오는 박수 소리, 시, 심지어 평범한 문장에서도 멈추는 부분이 없고 귀에 거슬리는 소리만 남게 될 것이다.

작품 주변의 빈 공간은 뼈대처럼 작용하여 독자의 주의를 글 안에 쓰인 내용에 집중시키기도 한다.

그러나 침묵 자체만으로도 이 공간은 이미 수동적이지 않다. 성인과 순례자들이 찾는 기도와 명상에 필요한 침묵은 관조의 근거지다. 숨을 고르는 것과 같은 의미다. 숨을 고르고 방금 읽은 내용에 대해 생각해보면 빈 공간이 독자에게 말을 걸어올 것이다.

철학자 루트비히 비트겐슈타인Ludwig Wittgenstein은 그의 유명한《블루북Blue Book》을 한 문장으로 시작했다.

"단어의 의미는 무엇인가?"

　그는 이 질문을 텍스트의 나머지 부분과 분리하여 독자의 주의를 끌고 잠시나마 사려 깊은 호기심을 끌어낸다. 질문으로 시작한 다음 침묵으로 끝내는 것은 교육적 수단으로 자주 활용되며, 충분히 그럴 만한 이유가 있다. 답을 찾으려는 시도를 유도하기 때문이다.

　존 케이지John Cage의 〈무에 대한 강의Lecture on Nothing〉에서는 소리와 침묵의 유쾌한 풍경을 연출하는 동시에 침묵 속에 숨겨진 역설을 드러낸다.

나는 여기 있다　　.　그리고 할 말이 없다　　　.
　　　　　　　　여러분 중
어디론가　　가려는 사람들이 있다고 해도. 그들이 떠나게 하라
언제라도　.　　우리에게 필요한　　　것은
침묵이다　　,　　　그러나 침묵이 있어
나는 계속 말하게 된다　　　　.

침묵은 소리가 멈추는 것이기 때문에, 소리로 정의되고 틀이 잡힌다.
또는 침묵과 소리가 함께 춤을 추고 있다고 말할 수도 있다.

　레이 노블Ray Noble의 1930년대 노래 〈바로 당신 생각The Very Thought of

You〉의 후렴구에서 침묵과 소리가 어떻게 보조를 맞추는지 잘 들어보라.

바로 당신 생각 때문에
나는 잊어버려요.
누구나 해야 하는
작고 평범한 일들을.

위의 줄바꿈이 암시하는 멈춤은 미학적으로도 아름답다. 그러나 다른 목적도 있다. 가사에 감정적으로 반응할 수 있는 공간과 시간을 제공하는 것이다. 사랑하는 사람이 떠오른다(멈춤). 잊어버린다는 것을 깨닫는다(멈춤). 자신이 얼마나 (멈춤) 혼란스러운지, 또는 실제로 사랑에 빠졌는지 알게 된다. 가사에서 환기되는 감정 하나하나가 각 줄 사이의 침묵 속에서 공명한다.

침묵과 관련된 또 하나의 역설이 있다. 우리는 작가일 때마다 독자가 된다. 그것도 첫 번째 독자가 된다. 따라서 자신이 쓴 글을 읽으면서 침묵에 귀를 기울여라. 만약 글을 읽으면서 글이 난해하거나, 따라가기 어렵거나, 무겁거나 갑갑하게 느껴진다면, 단어를 추가하는 대신 침묵의 공백을 추가해야 할지도 모른다. 이런 의미에서 글은 편히 돌아다닐 수 있는 방, 너무 많은 물건 때문에 방해받지 않고 앉아서 경치를 바라볼 수 있는 거실과 같아야 한다.

오늘날 학교에서 고대 언어를 가르치는 것이 중요한 이유는, 현대 언어에서보다 고대 언어에서 침묵 속 언어의 기원과 언어에 미치는 침묵의 힘, 침묵이 언어에 미치는 치유의 영향력이 훨씬 더 명확하게 드러나기 때문이다.

'쓸모없는' 고대 언어를 통해 인간은 단순한 이익과 유용성의 세계로부터 구원받아야 한다는 점 역시 중요하다.

-막스 피카르트Max Picard, 《침묵의 세계The World of Silence》에서.

# 그리고 그다음에…

무채색인 삶의 실타래를 관통하는

살인의 주홍색 실타래가 있다. 우리의 임무는

그 실타래를 풀고 따로 떼어내어 낱낱이 밝히는 것이다.

-아서 코난 도일Arthur Conan Doyle, 셜록 홈스Sherlock Holmes, 《주홍글씨 연구A Study in Scarlet》에서.

문장을 구성할 때는 사건의 연대기 순서를 따르는 편이 좋다. 예를 들어 "그녀는 현관을 두드렸다. 차를 주차하고 난 뒤" 대신 다음과 같은 문장이 훨씬 더 자연스럽다. "그녀는 차를 주차하고 난 뒤 현관문을 두드렸다." 이제 작은 이야기의 흐름이 생겼다. 그때그때 떠올라 산만하게 덧붙여진 각각의 행동이 아니라 하나의 사건이 만들어진 것이다.

연대기는 회고록과 역사 기록, 소설, 특히 탐정소설에서처럼 문장과 구절, 장 또는 책 전체는 물론 문단을 구성하는 등 다양한 방식으로 사용할 수 있다. 연대기에는 "다음에 무슨 일이 일어날까?"라는 질문과 함께 본질적으로 어느 정도의 긴장감이 담겨 있다. 현관문이 열릴까? 누가 대답할까? 주인공은 안으로 초대를 받을까? 버지니아 울프의 소설 《댈러웨이 부인Mrs. Dalloway》의 다음 구절에서처럼 연대기적 순서는 장면에 생동감을 불어넣을 수 있다.

차는 사라졌지만 본드 스트리트 양옆의 장갑 가게와 모자 가게, 양복점 사이로 약간의 파문을 남겼다. 30초 동안 모든 사람의 머리는 같은 방향, 그러니까 창문 쪽으로 기울어 있었다.

울프의 설명에 따르면, 유명한 사람이 지나가면 계급과 명성이 군중에게 미치는 심리적 효과가 눈에 보일 뿐 아니라 그 자체로 하나의 사건이 된다. 연대기적 순서가 반드시 시간 순서에 따라 진행될 필요는 없다. 뒤로 이동할 수도 있다. 회상의 유명한 예로, 마르셀 프루스트의 《잃어버린 시간을 찾아서》 7권에서 화자가 어린 시절을 기억하기 시작하는 장면이 있다. 연대기는 여러 다양한 방향으로 의식을 묘사하는 데 사용될 수 있다. 프루스트의 걸작 중 첫 권 《스완의 집으로 가는 길Swann's Way》이 출간되고 10년 뒤, 1차 세계대전 이후 집필된 위대한 시 〈황무지The Waste Land〉에서 T. S. 엘리엇은 과거의 불안한 기억을 간직한 미래를 들여다본다.

붉은 바위 아래 그늘이 있을 뿐
이 붉은 바위의 그늘로 들어오라.
그러면 너에게 아침에 네 뒤에서 걷는 그림자나
저녁에 너를 맞으러 일어나는 너의 그림자와는
다른 무언가를 보여주리라.
한 줌의 먼지 속 두려움을 보여줄 것이니.

3차원적인 사건을 묘사하든 사고의 발달을 묘사하든, 현실에서 우리를 불안하게 하지 않는다면 그냥 스쳐 지나갈 수도 있지만, 연대기는 대체로 우리가 쓰는 내용이 무엇이든 이를 정리하는 방법으로 신뢰할 만하다.

이런 점에서 종종 살인 사건처럼 무서운 사건을 다루는 고전적인 탐정 이야기도 결말에서는 독자에게 위안을 줄 수 있다. 추리소설은 끔찍한 범죄가 중심이 되지만, 누가 언제 누구에게 무엇을 했는지를 묻는 탐정의 논리적 추론에 따라 이야기의 연대기가 형성된다. 여기서 연대기란 단순히 냉혹한 사건의 연결을 나열하는 것이 아니라 범인을 파악할 수 있는 열쇠를 제공하며, 이를 통해 법적 질서를 확인하고 공공의 안전을 한 번 더 보장하는 역할을 한다.

물론 탐정은 수많은 형태로 존재한다. 프로이트와 아인슈타인은 인간 정신의 본질과 우주의 물리적 본질에 대한 미스터리를 풀었고, 그들의 통찰력에 대해 글을 쓰면서 이제는 너무나 유명해진 결론을 설명할 때 종종 아이디어의 발전 과정을 시간순으로 묘사하여 내용을 정리하고 설명했다.

문장과 문단을 쓰면서 계획 없이 방황하다 보면, 작품 자체에 내재된 계획이 조금씩, 그러다 마침내 전부 모습을 드러내게 마련이다. 그 모습은 작품 속에 있다. 인내심을 품고 작품에 귀를 기울이기만 하면 된다. 그녀의 창조자인 애거서 크리스티Agatha Christie의 소설에서 미스 마플Miss Marple이 보고 또 듣는 것처럼 말이다. 그런데 애거서 크리스티는 각 추리소설을 시작할 때마다 누가 살인을 저질렀는지 전혀 몰랐지만(정확히는 미리 결말을 세우고 쓰기 시작하지 않았지만), 관찰력이 뛰어난 그녀의 소설 속 탐정들처럼 작업하는 과정에서 플롯의 형태를 발견하곤 했다.

**문학이나 또 어떤 예술을 창조하는 깊은 동기는, 세상의 무정형성을 물리치고 무의미한 잔해 덩어리처럼 보일 수 있는 것에서 형태를 만들어내어 자신을 위로하려는 욕망이다.**

-아이리스 머독<sup>Iris Murdoch</sup>, 《실존주의자와 신비주의자: 철학과 문학에 관한 글

Existentialists and Mystics: Writings on Philosophy and Literature》에서.

# 그리고 따라서

독자로서 우리는 대부분 구체적인 사례나 이야기를 통해 추상적인 아이디어를 훨씬 더 쉽게 이해할 수 있다는 사실을 알고 있다. 그러나 이야기와 소설, 회고록에 발전적인 아이디어의 뼈대를 담아야 할 필요성에 대해서는 훨씬 덜 알려져 있다. '그리고 그다음에는…'이 나온 뒤에는 '그리고 따라서'가 나와야 한다. 그 좋은 예로 이번에도 탐정소설을 들 수 있다. 탐정소설은 한 여자가 바르는 립스틱 색깔부터 그녀의 조카가 운전하는 자동차의 종류, 젊은 남자의 셔츠 소맷자락에 묻은 얼룩에 이르기까지, 세부 사항 하나하나가 왜, 누가 용의자인지에 대한 잇따른 질문과 관련된 아이디어로 이루어진다.

좀 더 미묘한 예로는 30여 년 전 살바도르에 갔던 유명하고 참혹하던 여행에 대한 캐롤린 포체Carolyn Forché의 설명,《당신이 들은 것은 사실입니다What You Have Heard Is True》가 있다. 이 책은 가이드가 왜 포체를 이 여행에 초대했는지부터 그가 암암리에 무엇을 가르치고 싶었는지, 포체가 목격한 상황은 어떻게 발생했는지, 마지막으로 알게 된 것들로 무엇을 해야 하는지에 이르기까지, 계속 발전하는 형태의 질문으로 엮인 책이다. 책에서는 마지막까지 이 질문에 아무 말도 하지 않고, 따라서 독자들이 저마다 답을 내리도록 이끈다.

작가로서 우리는 근본적으로 자신의 경험에 대해 질문하고 있는 셈이다. 주제와 질문, 인과관계를 설명하는 데 사용하는 스타일은 유행과 성향에 따라 무겁고 교훈적인 스타일에서 거의 감지할 수 없는 것까지 다양하겠지만, 직접 설명하지 않더라도 문장과 문단, 구절을 배열하는 순서에서 이론이나 통찰을 암시하는 경우에도 어떤 식으로든 성찰이 존재해야 한다.

미묘함에 대해 말하자면, 많은 작가가 경험한 또 다른 이상하고 설명할 수 없는 현상이 있다. 작가가 묘사하는 내용의 배후에 있는 힘을 충분히 명확하게 알고 있고 이해한 바가 행간 사이사이에 묻어나면, 독자는 작가가 뚜렷한 방식으로 명시하지 않아도 어떻게든 그 의미를 받아들인다.

어떤 의미에서 모든 글쓰기, 아니 모든 좋은 글쓰기는 의미를 찾는 데서 출발한다. 그러나 이런 면에서 과학적 탐구와 마찬가지로 변치 않는 하나의 결론에 도달할 필요는 없다. 실제로 우리 삶에서 무척 흔하고 혼란을 불러와도, 문학적 모호함에는 대단히 중요한 가치가 있다.

**모든 소설은 행동과 성찰 사이를 반복적으로 오가기 때문에 사적인 경험과 공적인 사건 둘 다 중요하다.**

-제인 스마일리Jane Smiley, 《소설을 보는 13가지 방법13 Ways of Looking at the Novel》에서.

# 대칭과 비대칭

> "그래, 넌 '나는 내가 먹는 것을 본다'라는 말이
> '나는 내가 보는 것을 먹는다'와 같다고 할 수도 있겠지!"
>
> -루이스 캐럴, 《이상한 나라의 앨리스》에 나오는 미친 모자 장수의 말

대칭적인 말하기 패턴은 차이점을 강조할 때 매우 효과적으로 사용될 수 있다. 클레어 윌스Clair Wills는 춤에 관한 에세이에서 '그것처럼 보이는 것과 반대로 느껴지는 것 같은 그것what it feels like as opposed to what it looks like'을 묘사하기가 얼마나 어려운지에 대해 썼다. '그것it'과 '같은like'의 반복은 대조를 더욱 극적으로 만든다.

킴베를레 크렌쇼Kimberlé Crenshaw는 "서로 다른 것을 같게 취급하면 같은 것을 다르게 취급하는 것만큼이나 큰 불평등을 초래할 수 있다"라고 주장하며, 비슷한 방식으로 훨씬 더 큰 효과를 일으켰다.

각각의 경우 비대칭성은 언어적 대칭성 안에 숨어 있다. 구문의 유사성은 의미의 비대칭성을 강조한다.

루이스 캐럴의 《이상한 나라의 앨리스》에서 3월의 토끼가 "나는 내가 얻는 것을 좋아해"가 "나는 내가 좋아하는 것을 얻어"와 전혀 다르다고 주장할 때처럼, 이러한 역설 구조에는 근본적으로 만족스러운 무언가가 있다. 역설적인 논리를 통해 우리는 퍼즐에 빠져

들고, 때로는 그 해답을 통해 시선을 사로잡은 것의 숨겨진 면을 더 잘 이해하게 된다.

# 균형감각

늘 그렇지는 않지만 명확할 때도 많다. 글쓰기에서 무엇이 핵심이고 무엇이 사소한 측면이나 일탈인지 스스로 물어보라. 그런 다음 독자의 경험인 시간에 주어진 주제나 사건 또는 인물에 따라 공간이나 단어 수를 할당하라. 이러한 배열은 소설이 단편과 다른 점 중 하나다. 전자는 훨씬 더 분량이 방대하기 때문에 다양한 일탈을 수용할 수 있다. 위고, 발자크, 멜빌Herman Melville을 읽으면 알 수 있듯이 19세기 독자들은 이런 면에서 커다란 관용을 베풀었다. 이 작가들은 오늘날 흔히 사용하는 지면보다 더 큰 캔버스에 글을 썼고, 사회적 조건과 역사, 인간관계, 매너와 요리법, 고래의 생리학에 이르기까지 다양한 주제를 다루었다. 현대 작품에서도 이런 요소들이 정교하게 표현되지는 않더라도 암시되는 경우가 많다. 그러나 어떤 작업을 하든 균형에 주의를 기울여라. 핵심과 관련 없는 문제에 너무 많은 공간이 주어지면, 차고가 아주 큰 작은 집처럼 주의가 완전히 산만해지지는 않더라도 다소 혼란스러워지게 마련이다.

# 목록

글에 설명하거나 넣고 싶은 내용이 너무 많아서 부담이 된다면 목록을 작성해보라.

세상에 존재하는 가장 오래된 문헌 대부분에서 목록을 찾을 수 있다. 《일리아스》에서 유명한 예를 들면, 호머는 전쟁을 벌일 트로이로 항해하기 위해 항구에서 바람을 기다리는 아테네의 멋진 배들을 하나하나 나열한다. 서사시에는 보통 하나 이상의 목록이 포함되는데, 이름을 암송하여 역사를 보존하는 방법이자 기억술이었다. 목록은 각 세대에 구두로, 종종 노래로 전달되었다. 그러나 집단 기억에 기여하는 것만이 목록의 유일한 용도는 아니다. 목록은 많은 문화권에서, 의식에 수반되는 예배의 일부로 존재한다. 정보를 담는 이상의 역할을 한다. 노래하는 사람과 예배를 드리는 사람 모두 무아지경에 빠뜨려 더 높은 차원의 지식에 접근할 수 있게 하는 주문이다(티베트 불교와 가톨릭 성가의 두 가지 예만 들어도 이런 양상을 찾아볼 수 있다).

이처럼 좀 더 오래된 목적의 목록 일부는 이후의 세속 문학에도 남아 있다. 셰익스피어의 소네트 116번에서 그는 '영원히 변치 않는 표지,' '모든 방황하는 배의 북극성', '시간의 노리개가 아닌' 등 진정한 사랑의 자질을 나열하며 낭만적인 사랑에 우주적 차원을 부여한다. 몇 세기 후, 월트 휘트먼은 〈풀잎Leaves of Grass〉에서 '미국의 노래

를 들리게 한' 목록의 울림을 통해, 현실에서 성스러운 경험을 조각
해낸다.

…내가 듣는 다양한 캐롤,
기계공들의 노래, 제각기 제 노래를
즐겁고 힘차게 부른다.
목수는 널판이나 도리의 치수를 재며 노래하고,
석공은 일할 채비를 하면서 노래를 부른다.

다음으로, 릴케의 《시간의 책The Book of Hours》에서 시인의 감정에 구
체적인 형상을 부여하는 동시에 신비로운 경험의 근원을 전달하는
목록을 소개한다.

**당신, 우리가 결코 떨쳐버릴 수 없는 거대한 향수,**
**당신, 항상 우리를 둘러싸고 있던 숲,**
**당신, 우리가 침묵할 때마다 불렀던 노래,**
**당신, 우리를 관통하는 어두운 그물.**

(번역: 애니타 배로우스Anita Barrows, 조안나 메이시Joanna Macy)

목록의 매혹적인 효과는 아마 언어 자체의 마법 때문에 생길 것
이다. 어린아이들은 좋아하는 사람과 장소, 사물의 이름을 부르기

좋아하고, 이름을 부름으로써 가까이 둘 수 있다고 여긴다. 이름을 지음으로써 또한 우리는, 부재라는 고통스러운 속성을 부르는 소리를 통해 소환하고 정복한다. 무당과 사제, 랍비와 이맘(아랍의 크고 작은 종교 집단을 통솔하는 지도자를 일컫는 말—옮긴이)이 천사를 부를 때에도 마찬가지의 과정을 거친다. 그러나 이름을 부르는 것은 작가가 하는 일이기도 하다. 우리는 목록을 통해 세계를 소환하거나 더 적절하게 일깨우는 역할을 한다.

그리고 이런 목록에서 우리는 주장이 아니라, 자주 사용되지 않던 연결에서 생기는 울림을 통해 새로운 비전을 창조하기도 한다. 현대 작품 중 시인 데이빗 샤독David Shaddock의 〈무언가 빠진 삶 이곳에서In This Place Where Something's Missing Lives〉는 베트남에서 벌어진 잔혹 행위와 미국에서 시위자가 겪은 잔혹 행위를 한 쌍으로 나열한다. "백린탄/ 불을 찾는 뼈들/ 고무탄과 휘두르는 곤봉/ 사람의 다리를 절단하는 기차 바퀴." 물론 역사를 아는 사람이라면 다리를 잃은 남자가 베트남 전쟁에 반대하는 시위를 하고 있었다는 사실을 알 것이다. 따라서 이성적인 시선으로 보면 이 연결은 그리 새롭지 않다. 그러나 샤독이 이 시를 통해 시공을 넘나드는 사회적 잔인성을 환기해 감정적인 연결을 형성하는 데 성공했다.

마지막으로, 목록은 가볍고 심지어 유머러스할 수도 있다. 도널드 홀Donald Hall의 회고록 《상실의 카니발: 아흔을 맞이하는 기록A Carnival of Losses: Notes on Nearing Ninety》을 읽다 보면, 그의 어머니가 입었던 것으로 기억하는 터키 전통 의상 카프탄에 대한 설명에서 짧은 목록을 발견할 수 있다. "어머니의 어깨에서 바닥까지 내려오는 길이로, 입고 벗기 쉬웠고 속옷이 달리 필요하지 않았다."

# 반복

피해야 할 반복과 포함하고 발전시켜야 할 반복의 차이는 미묘하다. 보통 첫 번째는 의도하지 않은 반복이고, 두 번째는 의도한 반복이다.

이 점을 염두에 두면, 의도한 반복과 의도하지 않은 반복의 차이를 춤과 비틀거림의 차이로 비유할 수 있다. 의도한 반복에는 춤과 마찬가지로, 문학적으로 중요한 특성인 리듬이 있다.

의도적으로 반복하는 경우, 구절을 반복하는 것은 목록 작성과 유사하다. 목록에 있는 사물과 장소, 존재의 이름에 반복되는 구절이 뒤따르는 경우가 많기 때문이다.

예를 들어, 가면을 쓴 무용수들을 위한 아파치족 의식의 노래를 들어보라.

내 노래가 처음 만들어졌을 때 그들은 제트기라는 단어로
노래를 만들었지.
처음 만들어졌을 때의 지구
만들어졌을 때의 하늘
지구 끝까지
하늘 끝까지

이 노래에서는 '만들어졌을 때'와 '끝까지'라는 반복 어구가 목록에 추가되어 있다.

이는 목록에 통일성과 리듬, 즉 연인의 이름을 반복하는 즐거움이 가득한 목소리든, 현란하고 복잡하지만 거부할 수 없이 중독적인 드럼 비트든, 반복되는 모든 소리에서 나오는 힘을 부여한다.

그리고 반복은 북소리처럼 다양한 음색과 의미를 전달할 수 있다. 예를 들어 버지니아 울프의 소설 《댈러웨이 부인》의 한 구절에서 전쟁 신경증을 겪고 있는 청년 셉티무스가 사랑하는 여자와 헤어져야 한다는 의사의 지시에 답하는 장면을 떠올려보자.

'반드시', '반드시', 왜 '반드시'인가? 브래드쇼는 그에게 어떤 권력을 미치고 있었을까?
"브래드쇼가 나에게 '반드시'라고 말할 권리가 있습니까?" 그는 따져 물었다.

이처럼 분노를 드러내는 장면에서 '반드시'라는 단어의 반복은 감정의 울림처럼 자연스러워 보인다.

그러나 반복은 종종 또 다른 역할을 한다. 옷의 바늘땀처럼 한 구절이나 문장을 반복하면 전체 작품의 구조가 세워진다. 예를 들어 가면 쓴 무용수들의 노래는 다음과 같은 대사로 시작한다.

땅이 만들어졌을 때

하늘이 만들어졌을 때

내 노래가 처음 들렸을 때.


통합된 전체의 감각은 리듬과 운율을 좌우하는 형식 구조를 통해 달성된다. 많은 문학적 형식은 반복을 요구하는데, 특히 빌라넬과 판툼(말레이시아 구전 시 형식—옮긴이)은 특정 위치에서 행이 반복되어야 하는 시적 형식이다. 이러한 방식으로 시인은 시 안에서 행을 반복할 뿐 아니라, 이전에 수많은 작가가 사용했던 형식을 반복하며 시간을 초월해 메아리를 이어간다.

이와 비슷하지만 다른 효과는 드라마의 코러스에서 찾을 수 있다. 종종 무대에서 방금 일어난 극적인 행동을 묘사하면서 동일한 비극적 사건의 결과를 목격하고 경험하기도 한, 더 큰 사회단체로부터의 메아리를 담아낸다.

매주 일요일 기독교식 예배처럼 정기적인 의식이나 양식의 형태를 통한 반복은 대부분의 종교 관습에서 필수 요소다. 유니테리언 목사이자 작가인 마릴린 스웰Marilyn Sewell은 반복이 예측 가능한 질서의 감각을 만들어내며, 특히 위기의 순간에 사적으로든 공적으로든 위안을 줄 수 있다고 했다.

운율은 또 다른 종류의 반복으로, 울려 퍼지는 소리를 통해 서로 다른 의미의 단어들을 하나로 결합한다. 열정적인 사랑처럼 통제할 수 없는 감정을 더 큰 음악적 풍경에 배치하곤 한다.

까다로운 문학적 형식은 또한 작가들에게 창작이라는 드넓은 광야에서 예측 가능한 질서라는 위안을 제공하기도 한다. 이러한 형식 중 하나인 소네트에는 이전 구절의 의미가 번번이 뒤집히거나 적어도 예상치 못한 방향으로 바뀌게 하는 볼타라는 균열이 필요하다. 볼타는 전환을 뜻한다.

시와 산문 모두에서 반복은 리듬을 만들고 리듬은 의식을 요람에 넣고 달랜다. 휘트먼이 〈끝없이 흔들리는 요람에서Out of the Cradle Endlessly Rocking〉에서 썼듯이 과거와 현재, 미래가 융합('현재와 미래의 결합')하는 마법 같은 과정이 될 수 있으며, 어른이 '다시 어린 소년a little boy again'의 눈물을 흘릴 수도 있다.

소설이나 이야기에서 반복의 리듬은 구조에서 자주 드러난다. 이탈로 칼비노Italo Calvino는 《어느 겨울밤 한 여행자가Winter's Night a Traveler》의 첫 장을, "당신은 지금 이탈로 칼비노의 새 소설을 읽을 참입니다"라는 첫 줄로 시작하고 반복적으로 방향을 바꾸며 독자에게 직접 말을 건다. 그리고 "당신은 벌써 30페이지 넘게 읽었고 사건에 흥미를 느끼고 있다"라는 문장으로 두 번째 장을 시작하고, 다음 장은 "튀김 냄새가 페이지 시작 부분에 감돌고 있다"라며 시작하는 등, 글쓰기와 읽기 과정에 대해 규칙적으로 독자에게 전달함으로써 네 번째 벽을 허문다. 한 번만 그렇게 했다면 좀처럼 효과를 거두지 못했을 것이다. 그러나 이와 같이 반복하면 스타일을 확립할 뿐 아니라 독자와의 친밀한 관계의 매개 변수를 도출한다. 결국 책의 구조가 다양한 서로 다른 이야기를 하나의 이야기로 엮어내게 되는데, 그 이야기는 물론 독자에 관한 것이다.

시든 산문이든 작품의 장력은 마치 직물처럼 작품 전체에 새겨진 의미의 각 실타래에 따라 달라진다. 이때 주의할 점은 반복처럼 보이지 않게끔 반복하는 것이다. 그러나 의미의 진화를 목표로 삼는다면 그 목표를 달성하게 될 것이다.

# 상징의 무게

가끔은 은유를 사용하여 문단과 구절 또는 작품 전체에 통일성을 부여할 수 있다. 예를 들어, 센 강을 다룬 일레인 시올리노Elaine Sciolino의 책 한 문단은 강을 탐험한 뒤 강을 따라 서쪽으로 에펠탑을 향해 걷는 것이 '완벽한 클라이맥스'를 선사한다고 주장하며 시작한다. 이 문단의 마지막에서는 파리와 센 강을 연인으로 묘사함으로써 미묘한 방식으로 은유를 확장한다.

은유는 더 큰 줄거리 안에 두 번째 서사를 삽입할 때도 사용할 수 있다. 조지프 콘래드Joseph Conrad는 소설 《비밀 요원The Secret Agent》에서 줄타기의 이미지를 사용해 등장인물 중 한 명인 반장의 감정 상태와 부국장의 반대에 부딪히는 장면을 묘사했다. "그는 그 순간, 줄타기를 하고 있는데 음악당의 매니저가 자리에서 빠져나와 느닷없이 줄을 흔들기 시작할 때 곡예사가 느낄 법한 감정을 느꼈다." 몇 페이지 뒤 같은 장면에서 콘래드는 이렇게 쓴다. "배반당한 줄타기 곡예사가 느끼는 분노가 마음속에서 솟구쳤다. 신뢰받는 부하로서 그의 자존심은, 줄이 자신의 목을 부러뜨릴 목적으로 흔들린 것이 아니라는 확신에 크게 동요했다."

두 문장 뒤, 위협적인 거래가 조용히 계속되고 콘래드는 "목이 부러지는 것을 두려워하지 않았다"라고 쓰며 은유를 확장한다. 그는 다음 문단에서 부국장을 묘사하며 "꽉 조인 밧줄을 계속 흔드는 동안 그의 태도는 능숙했고 마치 사업가 같았다"라고 쓴다. 그리고 위태로워 보이는 대화가 이어진 뒤, 콘래드는 반장이 "줄에서 뛰어내리기로 결심했다"라고 설명하고 "어쩔 수 없이 솔직하게 털어놓으며 땅에 안착했다"라고 말하며 비유를 더욱 확장한다.

여기서 줄타기는 이 구절의 두 번째 줄에 긴장감을 부여하는 동시에, 범죄 수사에 관한 명백한 상황에서 한 사람이 다른 사람보다 더 많은 권력을 쥐고 있을 때 둘 사이에서 위험한 투쟁이 벌어지는 장면에 감정 구조를 제공한다.

그리고 나는 또 다른 은유가 작동하고 있음을 감지했다. 바로 정부 내 권력투쟁, 공무원 간 권력투쟁이, 이 소설의 핵심인 테러 행위의 동기가 된 계급과 이념 간 권력투쟁을 반영한다는 것이다.

은유는 아름답거나 놀랍거나 기발하거나 인상적이거나 너무 미묘해서 알아차리기 어려울 수 있다. 그러나 작품 구조의 일부가 될 때 가장 중요한 사실은, 은유가 제대로 효과를 발휘해야 한다는 점이다. '구조'라는 용어에 내포된 은유를 활용해 말하자면, 은유는 단순히 장식이 아니라 기둥 같아야 하며, 감당하는 무게를 지탱할 만큼 튼튼해야 한다.

가장 좋은 은유는 대개 가까이 있다. 예를 들어 센 강은 연인들이 자주 만나는 장소다. 그리고 《비밀 요원》에서 줄타기는 런던의 음악당에서 흔히 선보이던 행위로, 선원들이 자주 찾던 장소이자

20년 동안 선원으로 일한 작가 콘래드에게 친숙한 장소다(소설 초반에 콘래드가 두 무정부주의자가 만나는 곳으로 설정한 장소이기도 하다).

익숙함에 대해 말하자면, 당연하게도 은유는 문학에 구조를 제공하는 데 매우 효과적이다. 은유는 우리의 마음도 구성한다. 우리는 연상을 통해 사고한다. 어떤 것이든 운율이 맞고 이치에 닿으면 좋아한다. 그래서 현대의 몇몇 사상가들은 한 가지 사물이 다른 사물과 연결된 세계에 대한 우리의 그림이 그저 환상에 불과하다고 생각한다. 그러나 마음이 자연을 반영하며, 실제로 모든 것이 연결되어 있다고 믿는 이들도 있다.

완벽한 클라이맥스는 파리의 가장 독특한 상징인 에펠탑을 향해 강을 따라 서쪽으로 걸어가는 것이다…. 에펠탑이 없었다면 파리는 여전히 존재하지 않았을 것이다. 센 강이 없었어도 파리는 절대 존재하지 않았을 것이다. 파리는 센 강에 낭만적인 분위기를 덧댄다. 센 강은 파리에 그 탄생과 삶, 정체성을 더한다. 파리와 센 강의 연애야말로 파리와 센 강 자체다.

-일레인 사이올리노, 《센 강, 파리를 만든 강The Seine: The River That Made Paris》에서.

# 완벽한 착지

젊은 체조 선수들의 경기를 본 적이 있다면 완벽한 착지가 어떤 의미인지 알 것이다. 선수들은 철봉에서 놀라운 묘기를 선보인 뒤 공중으로 날아올랐다가 착지한다. 두 발을 꼿꼿이 세우고 양손을 번쩍 들어 성공적인 완착을 알리기를 바란다. 글을 쓸 때도 완벽하게 착지할 수 있다.

작품의 끝과 함께 구절과 장 또는 문단의 끝은 작품의 혈자리와 같다. 끝은 앞에 나온 내용이 무엇이든 그 내용을 완성한다. 때로는 사건이나 주장에 대한 논리적 결론에 도달하고, 때로는 첫 문장을 되풀이하지만, 앞 문단에서 밝혀진 내용을 반영하는 변화로 새로운 차원을 열기도 한다. 때로는 비극의 본질을 포착하기도 하고, 때로는 순식간에 재치를 발휘하며 결론을 내리기도 한다.

몇 가지 예를 들기 위해 위와 같은 목록을 언급했다. 그러나 이 예시를 결말의 완전한 목록으로 보아서는 안 된다. 전달되는 이야기만큼이나 강렬한 결말도 많기 때문이다. 핵심은 무엇이 꼭 필요한지, 또한 기회인지 파악하는 것이다. 한 문단의 마지막 줄은 극적인 순간을 제공하며, 독자가 울거나 웃거나 당신에게 강력하게 동의하며 고개를 끄덕이게 한다.

어떻게 하면 완벽하게 착지할 수 있을까? 체조 선수들과 마찬가지로 기술과 연습 그리고 눈앞에 놓인 과제를 향한 흔들림 없는 집중력을 결합해야 한다고 생각한다. 문단을 쓸 때 주의 깊게 귀를 기울이고, 피할 수 없는 결론까지는 아니더라도 소리와 의미의 조합을 통해 가장 좋아 보이는 결론, 즉 두 발로 땅에 안정적으로 착지할 수 있는 결론에 도달하게 하라.

역사가는 결혼의 죽음처럼 느린 과정을 포착할 수 없다. 아마 펜이 아닌 다른 매체, 즉 식물이 자라는 모습과 꽃이 피는 모습을 촬영하는 카메라 중 한 대가 필요할 것이다. 그런 카메라로 우리는 표정의 변화를 보았고, 7년간 눈에 보이지 않는 변화를 단 몇 순간으로 압축해서 볼 수 있었다. 열렬히 사랑하던 눈빛이 무덤덤해지고, 무표정해지기도 하고, 고통으로 일그러지기도 한다. 열정적이었던 눈빛은 이제 먼 곳을 향한다. 마주 잡은 손가락이 풀리고 멀리 떨어진 등 뒤에서 접힌다.

-다이앤 존슨, 《메러디스 영부인의 진실한 역사, 그리고 다른 작은 삶들
The True History of the First Mrs. Meredith, and Other Lesser Lives》에서.

이야기 전달하기

# 이야기 전달하기

언어와 스토리텔링을 다루는 인간의 능력은
서로 밀접한 관련이 있다.

-레슬리 마몬 실코Leslie Marmon Silko, 《스토리텔러Storyteller》에서.

레슬리 마몬 실코의 말처럼, 언어가 이야기를 전달하는 수단으로 진화했다는 결론을 내리는 것은 자연스러운 흐름이다. 인류 역사상 언제부터 이야기가 시작되었는지는 누구도 확실히 알 수 없다. 이야기를 만들고자 하는 충동은 인간 본성의 근본 욕구로 보인다. 한 세대에서 다음 세대로 전해 내려오는 이야기는 역사와 족보, 공유된 가치를 전달하며 우리가 어디에 있고 누구인지 알려준다. 우리는 잠을 잘 때도 꿈속에서 이야기를 전한다.

물론 스토리텔링은 소설의 핵심이다. 그러나 에세이에서도 이야기는 필수적인 역할을 한다. 이야기는 문학적 형식일 뿐 아니라 사고의 한 방식이기도 하다. 아인슈타인은 과속으로 달리는 기차의 양쪽 끝을 동시에 내려친 두 번의 번개를 멈춰 있는 목격자가 목격했을 때, 이 목격자가 기차의 양쪽 끝에 번개가 서로 다른 시간에 내리쳤다고 잘못 측정하는 아주 짧은 이야기를 상상하면서 상대성 이론을 탐구했다. 아인슈타인의 경우처럼 개념을 구체적인 예와 함께 설명하면 독자가 훨씬 더 쉽게 이해할 수 있다. 그런데 작가 역시 스토링텔링에서 도움을 받는다. 아인슈타인은 자신의 이론을 설명할 때뿐 아니라 아이디어를 발전시킬 때도 이야기를 사용했다.

최고의 이야기는 독자가 느껴야 할 감정이 무엇인지 알려주는 것이 아니라 감정을 불러일으키는 사건을 재창조한다. 엠마 골드먼 Emma Goldman의 에세이를 읽고 나면 여성에게 자녀에 대한 권리가 없다는 것이 불공평하다는 데 동의하게 될 것이다. 한편 톨스토이의 《안나 카레니나Anna Karenina》를 읽으면 이런 부당함이 얼마나 비참한 결과를 낳는지 실감할 수 있다.

프로이트가 스스로 '대화 요법talk therapy'이라는 것을 착안했을 때 깨달았듯이, 우리는 이야기를 통해 스스로를 발견하고 심지어 치유한다. 강력한 이야기에는 정신 구조 자체를 바꾸는 능력까지 깃들어 있다. 실제로 우리가 삶을 살아가는 방식은 우리가 들어왔고 스스로 들려주는 모든 이야기와 떼려야 뗄 수 없는 관계다.

이야기를 들을 때 우리의 뇌는 마치 실제로 일어나는 일처럼 그 행동을 경험한다. 뇌 스캔 연구에서는, 감정을 과장되게 표현하는 이야기를 들으면 등장인물의 뇌 감정 영역이 활성화한다고 한다. 등장인물이 격렬하게 움직이는 이야기를 들으면 뇌의 운동 영역이 활발해진다고도 한다.

-애니 머피 폴Annie Murphy Paul, 《확장된 마음The Extended Mind》에서.

# 나는 어떻게
# 글쓰기를 배웠는가?

고등학교에 입학하고 얼마 지나지 않아 어린 시절 이야기를 전부 털어놓게 된 것은 우연이 아니다. 아마 내 가장 친한 친구(캐시라고 하겠다)가 한 분이 아니라 부모님 두 분이 알코올의존자라는 사실을 숨기지 않았기 때문이었을 것이다. 그것이 내가 캐시를 그토록 신뢰했던 이유 중 하나였다. 어느 날 밤은 함께 술을 꽤 많이 마시고 있다가 내가 주체할 수 없이 울기 시작했다. 정확히 어떤 계기로 고백하게 되었는지는 잘 모르겠다. 그러나 술의 영향이 있었을 거라고 확신한다. 나는 캐시에게 엄마가 여러 술집을 전전하면서 밤새 술을 마시고 취해서 집으로 돌아오거나, 집에서 혼자 술을 마실 때면 말로 나를 공격하기 시작한다고 털어놓았다. 마치 내가 엄마의 혀로 절단해야 할 지독한 원수라도 되는 양 말이다. 그때쯤 나는 엄마가 술을 마신다는 사실을 더는 숨기지 않았지만, 무의식중에 분명 엄마가 내게 퍼부은 비난의 홍수에 큰 상처를 받았다. 그래서 이 부분에 대해서는 한 번도 이야기하지 않았다. 캐시에게 말하기 전까지는. 이제 그때의 고백으로 내가 글을 쓸 수 있게 되었다는 데는 의심의 여지가 없다. 그 이야기를 털어놓으면서 다른 많은 이들에게도 이야기할 수 있게 되었다. 그때부터 다른 사람들의 이야기에 귀를 기울이게 되었다는 점도 못지않게 중요하다.

# 금단의 땅

**아직 써야 할 글이 너무 많다.**

-틸리 올슨Tillie Olsen, 《침묵Silences》에서.

글을 쓸 때 다양한 검열이 우리를 방해한다. 금지된 지식은 '예의 바른 사회'에서는 언급되지 않는 경우가 많다. 버지니아 울프의 《댈러웨이 부인》의 결말 부분에서 클라리사 댈러웨이가 손님 중 한 명이 했던 말에 불안해하며 혼자 생각을 정리하려고 자리를 뜨는 장면이 떠오른다. 이제 막 브래드쇼 박사가 끔찍한 사건, 그날 일찍 발생한 젊은이의 자살에 대해 설명한 참이었다. "브래드 쇼 부부가 파티에서 왜 죽음에 대해 이야기했을까?" 클라리사는 자기도 모르게 죽음을 상상하고 분노하며 스스로 묻는다. "그녀의 몸이 먼저 그것을 겪었다"라고 울프는 썼다.

이 소설에 묘사된 공공연한 비밀은 제1차 세계대전 당시 한 세대의 젊은이들이 입은 정신적 피해와 그로 인한 높은 자살률과 관련이 있다.

다른 비밀은 가족과 회사, 친구 등 제한된 그룹 내에서 통용되는 상식일 수도 있다. 예를 들어 아버지나 삼촌, 사촌이 알코올의존자라는 사실을 주변에서 전부 알고 있는데 누구도 그 사실을 입 밖에 꺼내지 않는다.

어쩌면 우리는 이야기를 만들어내는 동물이기 때문에, 기록되지 않은 검열은 광범위한 피해를 일으킬 수 있다. 어슐라 르 귄Ursula Le Guin이 쓴 것처럼, "스토리텔링은 우리가 누구인지, 무엇을 원하는지 알기 위한 도구다." 마찬가지로 이야기를 침묵시키면 우리는 자신을 알지 못하고, 마음에 불투명한 장벽이 들어서서 글쓰기 자체의 흐름을 방해할 수 있다.

발화되지 않고 남은 것은 내면에 머물러 몸을 움직이지 못하게 하고 겁에 질려 말을 못하게 하며, 상대적으로 모호하고 사소해 보이는 표면으로 대체된다.

훌륭한 글이 개인으로든 집단으로든 침묵을 깨는 경우가 매우 많은 것은 당연하다. 오랫동안 수많은 다른 여자들과 함께 매달 겪었지만 처음으로 월경하는 여성을 묘사한 문학작품을 발견했을 때 느꼈던 환희가 생생하다. 책의 제목은 《황금 노트북Golden Notebook》으로, 도리스 레싱Doris Lessing은 이 책에서 여주인공이 생리혈의 얼룩과 냄새 때문에 괴로워하는 장면을 묘사한다. 이렇듯 주인공이 생리를 혐오하는데도 생리를 여성의 삶에 관한 이야기에 포함시킨 지점은, 생리 주기를 숨겨야 한다고 배워온 세대의 여성들에게 더욱 흥미진진하게 다가왔다.

몸의 경험과 섹슈얼리티, 쾌락과 동성애, 혼외 관계나 혼외 임신, '사생'아와 자위, 생리와 강간, 성추행, 남녀 또는 아동에 대한 성적 학대, 정서적 학대, '아내 구타', 결혼 생활의 불행, 인종차별이나 인종차별의 폭력 등과 같은 경험이 모두 예의 바른 침묵의 대상이 되어왔다. 그리고 이러한 경험은 하나같이 특별한 문학의 소재가 되었다.

어떤 주제에 대해 글을 쓰다가 침묵에 빠질 때, 드러내기 두려운 비밀이나 깨뜨리기 주저하는 침묵이 있는지 스스로 물어보라.

이런 질문을 던진다는 것은 금단의 땅을 밟는 것만큼이나 두려운 과정이다. 그러나 정의의 관점에서 보면 얼마든지 노력할 만한 가치가 있다. 도마복음에 기록된 대로 "네 안에 있는 것을 드러내면 드러낸 것이 너를 구원할 것이다. 네 안에 있는 것을 드러내지 않으면, 드러내지 않은 것이 너를 파멸시킬 것이다."

# 역사

지금 전달하고 있는 이야기는 언제 일어났는가? 언제 일어났든, 허구라 할지라도 이야기가 역사에서 한자리를 차지할 수 있어야 한다(공상과학 소설이 아니라면 적어도 발명된 역사 속에 한자리를 차지해야 한다). 따라서 이야기를 하는 동안 자신의 기억이나 다른 삶의 사건 또는 창조된 등장인물의 삶에서 영감을 얻기 위해 항상 주변 역사를 살펴봐야 한다. 1960년대의 사건을 묘사하고 있는가? JFK의 당선과 쿠바 미사일 위기, JFK의 암살, 마틴 루터 킹 주니어의 암살 등이 지금 쓰고 있는 가족 간 논쟁과 어떤 식으로든 공명할 수는 없을까? 역사 속 사건은 과거에 관찰하지 못했던 이야기의 한 차원을 이해하도록 이끈다. 나는 책을 쓰면서 아일랜드 출신 가족의 알코올의존증을 영국의 아일랜드 식민지배의 영향으로 이해하게 되었다. 그러나 이야기가 진행되는 시대상에서 분열과 폭력 속에 담긴 희망찬 분위기를 감지하더라도, 그 연결은 훨씬 더 미묘할 수 있다.

# 자료 조사

글을 쓰다 보면 때론 자료 조사가 필요하다. 논픽션뿐 아니라 소설에서도 마찬가지다. 예를 들어 19세기 초 프랑스를 배경으로 사랑 이야기를 쓴다면, 최소한 당시 모든 계층의 남성과 여성이 어떤 옷을 즐겨 입었고 머리 스타일은 어떻게 했는지 알아야 할 것이다. 이야기를 설정한 시기에 살았다고 해도 사건이 명확히 기억나지 않거나 정확한 세부 사항에 부족한 측면이 있을 수 있다. 그러므로 어떤 식으로든 이런 부분을 찾아내야 한다.

작가는 가능하면 장소나 사건을 직접 관찰하거나 목격자와 직접 대화하는 방법을 선택하는 경우가 많다. 빅토르 위고는, 프랑스 지중해 함대의 갤리선 노를 젓거나 지역 조선소에서 일하라는 형을 선고받은 사람들이 수감된 그 악명 높은 툴롱 교도소를 방문해 《레미제라블Les Misérables》에서 묘사한 감옥 생활에 대한 지식을 얻었다. 위고가 이 감옥의 상황에 대해 박사 논문을 쓰려고 했다면 공식적인 보고서, 관료와 간수, 죄수들과의 인터뷰 등 자신의 관찰을 뒷받침할 수 있는 가장 권위 있는 참고 자료를 인용하며 체계적으로 서술해야 한다는 강박관념을 느꼈을 것이다. 그러나 《레미제라블》은 학술 논문이 아니라 소설이다. 공식적인 연구나 문서도 일부 활용했겠지만, 위고는 이 참혹한 감옥에서 죄수들이 경험한 바를 생생하게 표현하기 위해, 직접 관찰한 경험과 스스로 느낀 공감에 의존했다.

문학에서 자료 조사는 주장의 증거로 제시되는 것이 아니라 책이 창조하는 현실을 다루는 비전에 통합된다(픽션과 논픽션 모두에 적용되는 말이다). 위고는 장발장과 전과자에게 식사와 잠자리를 제공하는 친절한 성직자 미리엘 주교가 등장하는 초기 장면에서처럼, 감옥에 대해 알게 된 지식을 곳곳에서 조금씩 이야기에 녹여낸다. 위고의 주인공 장발장은 최근에 풀려난 감옥을 묘사하면서 주교에게 이렇게 말한다. "발밑의 공과 쇠사슬, 잠을 청하는 판자, 더위와 추위, 딱딱한 갤리선, 막대기! 아무 이유도 없이 이중 족쇄를 채워요. 한마디로 지하 감옥이에요. 아파서 침대에 누워 있어도 쇠사슬을 차야 하죠. 개, 차라리 개가 더 나아요!"

이 구절에서 위고가 단순히 사실과 숫자를 페이지에 나열하는 것이 아니라, 자신이 알게 된 내용을 소화하여 장발장이 감옥에 대한 지식을 설득력 있게 말하도록 한다는 점을 알 수 있다. 유려한 문장으로 서술되고 거의 시적인 분위기로 바뀌었을 때조차, 장발장의 묘사는 감옥에서 복역하며 19년 동안 괴로워한 남자의 입에서 나오는 말로 들린다.

창의적인 작품을 쓸 때는 어떤 식으로든 조사한 내용을 흡수하고 소화해 자신의 것으로 만드는 데 시간을 할애해야 한다.

자료 조사를 통해 알게 된 내용으로 작품의 방향을 바꿀 수도 있고, 믿었던 결론이나 편견이 틀렸다는 사실을 깨닫게 될 수도 있다. 그러나 동시에 작품에 대한 새로운 비전이나 방향을 향한 기회가 열릴 가능성도 항상 존재한다. 자료 조사를 할 때는 작가의 창의적인 비전을 충실히 지키는 것과 새로운 지식을 받아들이는 것 사이에서 아슬아슬하게 줄타기를 해야 한다.

검색하는 동안, 회고록처럼 가족에 대해 글을 쓰는 경우에도 주제에 대한 선입견에 도전하는 놀라운 사실을 발견할 수 있다. 이렇게 알게 된 내용을 밝히고 싶지 않을 수도 있지만, 결국은 작품 자체가 선택을 이끌 것이다. 비밀을 지키는 것이 거짓말하는 것처럼 느껴지지는 않는가? 그런가 하면 딜레마 자체가 감동적인 이야기가 될 수도 있다(그 감동적인 예는 오너 무어의 훌륭한 회고록인 《주교의 딸The Bishop's Daughter》에서 찾을 수 있다).

작가는 항상 자료 조사를 하거나 탐색한다(제임스 볼드윈James Baldwin이 말했듯이 글쓰기는 끊임없는 발견의 과정이다). 이런 종류의 탐색은 의식적인 작업이라기보다는 무의식적으로 방향성을 찾는 쪽에 가깝다. 무엇을 하든 이 탐색은 매일 밤낮으로 자연스럽게 계속된다. 헨리 제임스는 친구들과 함께 식사하며 나눈 일상 대화를 노트에 여러 번 기록한 다음 소설 속 이야기나 에피소드의 소재로 활용했다.

작가는 특정 질문에 대한 답을 찾기 위해서가 아니라 주제에 대한 '느낌'을 얻기 위해 더 많은 것을 알고 싶어 하는 경우가 많다. 예를 들어, 가보지 않은 장소에 대해 글을 쓰는 것은 분명 가능하다.

프란츠 레하르Franz Lehár는 자신의 오페라 〈메리 위도우The Merry Widow〉의 유명한 막심 레스토랑 장면을, 파리나 그 식당 자체에 가본 적이 없는데도 배경으로 삼았다.

반면 글의 소재가 되는 장소에서 시간을 보내는 것은 매우 귀중한 경험이 될 수 있다. 베를린 장벽이 무너지기 전 서독과 동독 사이의 국경을 넘을 때, (최초의 원자폭탄이 만들어진) 오크리지 외곽의 어두운 1차선 시골길로 차를 몰고 가며 굴뚝에서 연기가 피어오르는 작고 외로운 오두막을 지나갈 때, 연구소 복도를 걸어갈 때, 히로시마의 그라운드 제로 근처에 서 있을 때, 다하우에서 수많은 막사가 있던 곳을 걸을 때, 나는 이 장소들이 품은 역사의 기억을 뼛속까지 느낄 수 있었다.

보통 작가들은 일반적으로 글 한 편을 쓰기 위해 열 번은 아니더라도 최소 두 번 이상 자료 조사를 한다. 왠지 모르게 말로 표현할 수 없는 무언가가 그곳에 있다. 아마도 행간에, 또는 작가가 알게 된 사실에서 우러나온 말투 속에.

이런 경우도 있다. 아주 많은 작가가 작품을 이미 완성했는데도, 기억만큼이나 자신의 일부가 된 내용에 대한 연결을 생생하게 유지하면서 더욱 세밀한 방식으로 자료 조사를 이어나간다.

1978년 이나와 내가 텍사스 힐 카운티의 가장자리로 이사했을 때 원래 목적은 젊은 린든 존슨Lyndon Johnson의 소년 시절과 성년 시절에 대해 알아보는 것이었다. 그러나 목장주들과 농부들 그리고 아내들을 인터뷰하며, 긴 대화 과정에서 으레 그렇듯 우리가 다른 이야기를 듣고 있다는 점을 깨달았다. 1930년대와 1940년대에 젊은 린든 존슨 의원이 미국의 이 고립되고 가난한 외딴 지역에 전기를 들여오기 전, 즉 '빛'이 들어오기 전에 이 여자들의 삶이 어땠는지, 어떻게 끝없이 일하는 삶을 겪어왔는지 말이다.

-로버트 A. 카로Robert A. Caro, 《일하기Working》에서.

# 상대성이론의 또 다른 원리

　현실뿐 아니라 문학에도 수많은 다른 관점이 존재하며, 이러한 관점들은 전부 이야기를 효과적으로 전달하는 방법을 제공한다.

　비평가들은 제인 오스틴의 소설에서 여자가 등장하지 않는 장면이 거의 없다는 점에 주목하며, 오스틴이 남자들끼리만 나누는 대화에 익숙하지 않았기 때문에 이를 묘사하려고 하지 않았으리라 추측한다. 때로 관점은 급격한 변화, 심지어 반전을 나타내기도 한다. 진 리스Jean Rhys의 소설《광막한 사르가소 바다Wide Sargasso Sea》는 샬롯 브론테Charlotte Brontë가《제인 에어Jane Eyre》에서 했던 이야기와 같은 이야기를 다른 화자의 관점에서 다룬다. 브론테의 소설에서 정신이상자로 묘사된 로체스터의 첫 번째 아내, 즉 위층에 갇힌 사람의 관점이다.

　때로 관점은 특정 인물의 시점보다 선호도나 가치 체계에서 바라볼 때 더 뚜렷하게 드러난다. 시몬 웨일Simone Weil은 유명한 에세이〈일리아드, 또는 힘의 시The Iliad, or the Poem of Force〉에서 "진정한 영웅, 진정한 주체, 일리아드의 핵심은 힘이다"라는 문장으로 자신의 관점을 선언하며 글을 시작한다. 에세이의 나머지 부분을 통해 우리는 웨일의 주장이 진실임을 확인할 수 있다. 제2차 세계대전 중에 쓰인 이 에세이는 프랑스를 점령한 나치 군대의 폭압에 대해 비밀리에 진행된 저항운동을 다루었다.

개개인의 관점은 좀처럼 보편적이지 않다. 오히려 독특하다. 그러나 주관적인 관점을 인정할 때, 역설적으로 주관성을 통해 오히려 솔직담백하다는 이유로 독자와 유대감을 형성할 수도 있다. 이러한 솔직함은 진실을 말하는 것과는 다르다. 유도라 웰티의 〈내가 우체국에서 사는 이유Why I Live at the P.O〉에서처럼 화자의 관점을 신뢰할 수 없을 때도 솔직함이 존재할 수 있다. 또한 이 작품에서처럼 화자의 불평에 결함이 있더라도 화자가 어떤 사람인지 정확하게 묘사할 수 있다. 작품에 관련 없는 '객관적인' 화자를 통해 이야기하기로 선택했더라도, 이 관점은 이야기에 다시 또 다른 차원을 더한다.

# 성찰

**그림은 삶을 성찰하는 방법이며, 성찰은 단순한 관조보다**
**더 적극적이다. 현실을 분별하고, 현실에 파고들고,**
**현실의 발견과 이해에 협력하려는 의지의 표현이다.**
**그림을 그린다는 것은 현실을 창조하는 것이기도 하다.**

-안토니 타피에스Antoni Tàpies, 《나는 카탈루냐인이다I am a Catalan》에서.


성찰(반영)에는 그 이름에서 유래한 거울이라는 이미지 이상의 의미가 들어 있다. 보는 자와 보이는 자라는 한 쌍에 세 번째 요소가 추가되는데, 바로 '생각'이다. 성찰을 통해 우리는 무언가를 보고 이름 붙일 뿐만 아니라 그것에 대해 생각하기도 한다.

B. H. 페어차일드B. H. Fairchild의 강렬한 시 〈아름다움Beauty〉은 피렌체의 한 박물관에 서 있을 때 그의 아내가 던진 질문으로 시작한다. "무슨 생각 해?" 아내가 묻는다. 그는 "아름다움"이라고 대답한다. 이어서 그는 어린 시절 자신의 삶을 차지했던 노동자들, 즉 아름다움이라는 단어를 쓴 적 없고 앞으로도 그럴 것 같지 않은 '절제된 열정'을 가진 남자들 사이에서의 남자다움과 제한적인 남성성이라는 개념에 대한 일련의 성찰을 통해, 길고 심오한 기억의 여정을 밟는다.

글을 쓸 때는 자신이 보는 것뿐 아니라, 보고 있는 자신을 바라보는 적극적인 바라봄의 행위가 필요하다. 퀘이커 오츠사 상자의 그 유명한 이미지 속 이미지처럼, 자기를 바라보는 자기 자신을 바라보아야 하며 이 모든 행위에는 결과가 따른다. 성찰에 빛이 필요할 뿐 아니라 성찰에서 빛이 우러나온다. 글쓰기가 역동적이고 가끔 예측할 수 없는 과정인 것은 자연스럽다. 작품마다 글을 진행하면서 배우고, 동시에 자신이 쓴 글을 읽고 스스로 성찰하게 된다(성찰을 통해 생각의 방향이 바뀔 수도 있다).

이런 식으로 우리는 스스로 존재하게 된다. 이는 글쓰기에서 반드시 필요한 존재감이다. 영적인 수행 같기도 하고 실제로 어떤 면에서는 그렇지만, 글을 쓸 때 우리의 목표는 자기 계발이 아니다. 오직 통찰력(그리고 또한 그 부산물로서의 진정성)만이 목표다. 그래서 도널드 홀Donald Hall은 아내 제인 케넌이 사망한 뒤 슬픔의 한 측면을 묘사할 때 "아내가 아플 때 나는 놀랍도록 잘 잤다. 아내가 죽은 뒤 나를 떠나 다른 남자에게 가는 꿈을 꾸었고 다시 수면제를 복용했다"라고 쓰면서, 참회하지 않고 자신의 행동을 바꿀 계획이 없다고 한다. 그리고 그는 약을 먹기 직전 포트 와인 한 잔을 마셨을 때 효과가 더 좋았다고 말한다. 자기 계발 옹호론자가 추천할 만한 이야기는 아니지만, 훌륭한 글이 될 수는 있다. 그가 특이한 행동을 했기 때문이 아니라 우리 대다수에게 그런 경험이 있기 때문이다.

실존적으로 말하자면 사유는 고독하지만 고립은 아니다. 고독은 내가 나 자신을 동료로 삼는 인간적 상황이다. 고립은 내가 하나 속의 둘로 분리되지 않은 채 나 자신을 동료로 삼을 수 없고 나만 외롭게 있을 때 나타난다. 야스퍼스Karl Jaspers가 말했듯이 "나에게 나 자신이 머물지 않는" 상태다.

—한나 아렌트, 《정신의 삶The Life of the Mind》에서.

# 나는 어떻게
# 글쓰기를 배웠는가?

나의 어린 시절은 평범한 공식에 잘 맞지 않는다. 부모님의 이혼으로 다섯 살이 되자마자 할아버지 댁과 엄마 집을 오갔고, 열세 살이 되면서 마침내 아빠와 함께 살게 되었다. 소방관인 아버지는 소방서에서 밤을 지새워야 했기 때문에 밤에 혼자 있는 시간이 많았고, 두려움 못지않게 외로움에 몸 서리치곤 했다. 그러던 중 고등학교에 입학하고 얼마 지나지 않아 학교 친구의 부모님, 화가인 모트와 무용을 전공한 교육자 게리를 만났다. 두 분 모두 예술가이자 작가 지망생인 새로운 친구들의 존경을 한 몸에 받고 있었다. 우리는 방과 후 자주 두 분을 찾아가 예술에 대해 이야기했다. 그러다 어느 날 게리가 나에게 식사와 육아 일을 도와주지 않겠냐고 물었다. 이내 두 사람은 내 불안정한 삶을 알게 되었고 조금씩 나를 양육하기 시작했다. 처음에는 아이를 돌보고 나서 하룻밤만 자고 가라고 했다. 그러다 하룻밤이 긴 주말로, 어떨 때는 이틀 밤으로 늘어났다. 그렇게 지내던 어느 늦은 오후, 길을 건너던 중 차에 치여 아빠가 돌아가셨다. 아빠의 부음을 듣던 날 밤, 나는 할아버지 댁에 가지 않겠다고 했다. 모트와 게리가 나를 받아주었고 곧 나의 법적 보호자가 되었다. 고등학교를 졸업하는 해 여름까지 그들과 함께 살았다.

내게는 그 집 자체가 특별한 교육의 장이었다. 게리가 요리할 때 사용한,

붉은 흙색에 꽃을 그려 장식한 냄비는 모트 부부가 몇 년 동안 살았던 멕시코에서 가져온 것이었다. 벽에는 모트의 가족, 아이들 조시와 칼라, 게리의 그림이 걸려 있었다. 통유리로 된 모트의 작업실이 한쪽 날개를 이루는 집의 구조조차도 예술로 형성된 삶의 방식, 내가 어느 견습생보다 더 자세히 관찰한 삶의 방식을 구현했다.

아빠가 돌아가신 직후 모트가 그린 내 그림은 지금도 우리 집 거실에 걸려 있다. 아버지가 돌아가시고 몇 주 뒤에 모트는 나에게 포즈를 취해줄 수 있겠냐고 물었다. 아침 식사 전, 내가 동네 시어스 로벅에서 구입한 빨간색 줄무늬 남성용 플란넬 잠옷을 계속 입고 있을 때 그가 나를 그렸다. 초상화 속 내 얼굴에는 두 가지 뚜렷한 측면이 있었다. 나는 슬프고 무감각해 보였다. 그러나 그림자가 드리운 측면은 마치 죽은 자의 세계에 잠긴 듯 의식이 없어 보이고, 조명을 받은 쪽은 조용히 상황을 관찰하면서 통찰력이 있어 보였다. 전체적으로 그림은 생생한 무늬, 내 뒤에 있는 작은 식탁보의 무늬와 같은 잠옷의 줄무늬, 대조적인 색의 평면, 짙은 녹색과 흰색이 조화롭게 섞여 있는 검은색으로 생동감이 넘쳤다. 나이가 들어가면서 나는 그가 준 위대한 선물을 점점 더 이해하게 되었다. 그는 자신이 볼 수 있는 것과 타협하지 않고 나의 상실과 고통을 아름다움을 담아내는 거울로, 우리가 보고 들을 수 있는 빛과 소리의 무늬를 통해 소환하면서 예술가와 작가가 함께 배우는 기적으로 만들었다.

# 상호 의존

울림. 나는 항상 울림에 의지한다.
내가 울림을 부르면 당신도 느낄 것이다.

-요제프 알베르스Josef Albers, 《미국 미술사 아카이브Archives of American Art》,

세빔 페스키Sevim Fesci와의 인터뷰에서.

우리 집 옆에서 자라지만 이웃집 마당에 속하는 몬터레이 소나무는 사유재산의 개념을 신경 쓰지 않는다. 우리 집 울타리 쪽에 바늘과 솔방울을 떨어뜨리고 사방에서 날아오는 새들에게 둥지를 제공하며, 다람쥐가 발견한 견과류를 숨길 수 있는 비밀 장소를 제공한다. 울타리 근처에 진달래를 심으면 그늘을 만들어 진달래를 보호해주지만, 나뭇가지 아래 토마토나 해바라기를 키우는 데 충분한 햇빛은 들어오지 않는다. 매일 아침 블라인드를 열면 보이는 나무는 내가 숨 쉬는 공기를 정화할 뿐만 아니라 매일 내 의식의 풍경 일부이기 때문에 여러모로 감사한 존재다.

연결 지점을 인식하고, 이해하고, 활용하는 것은 모든 형태의 예술에서 창작의 핵심이다. 바우하우스의 예술가이자 교사 요제프 알베르스는 《색채의 상호작용Interaction of Color》이라는 책을 통해, 서로 다른 색이 가까이 있을 때 서로 어떤 영향을 미치는지 설명했다. 그는 우리가 가까이에 있거나 바로 옆에 있는 색을 개별로 인식하는 것이 아니라, 근접성에 따라 보이는 색을 변화하는 역동적인 과정의 일부로 인식한다고 말한다. 심지어 색의 패턴이 실제로 반전되면서 새로운 색이 나타나는 '애프터 이미지'가 생긴다고 주장한다.

글에서도 이와 같은 일종의 잔존 효과가 발생한다. 쓰고 있는 글에 어떤 소리나 단어(문장, 문단)를 넣으면 여러 장을 넘긴 뒤에도 독자의 머릿속에 남는다.

단어의 소리는 색보다는 아니더라도 그만큼 역동적이다. 한 음절은 소리 내서 읽든 눈으로 읽든 기억에 남기 때문에 그 영향력이 다음 단어까지 이어진다. 제임스 조이스의 유명한 단편소설 〈죽은 자들The Dead〉에서 인용한 다음 문단에서 'S'라는 글자를 반복하면서 소리가 표현하는 방식에 귀를 기울여보라.

**방 안 공기에 그는 어깨가 시렸다. 그는 조심스럽게 이불 아래 몸을 뻗어 아내 곁에 누웠다. 한 사람씩 그들은 모두 유령이 되어갈 것이다. 늙고 시들고 쓸쓸히 사라지기보다 어떤 열정으로 가득 찬 영광을 만끽하며 저세상으로 과감히 떠나는 편이 더 나으리라.**

The air of the room chilled his shoulders. He stretched himself cautiously along under the sheets and lay down beside his wife. One by one they were all becoming shades. Better to pass boldly into that other world, in the full glory of some passion, than fade and wither dismally with age.

이야기꾼을 입 다물게 할 목적이 아니라 경건함에 수반되는 침묵을 불러일으키기 위한 암묵적인 '침묵'과 더불어, 속삭이는 화자의 목소리가 들려오는 듯하다.

마지막에 이르러 1악장의 한 구절을 반복하는 교향곡의 마지막 악장처럼, 〈죽은 자들The Dead〉의 마지막 대사는 이 문단의 'S'를 더 강렬하게 되풀이한다. "온 세상에 사뿐히 내리는 눈 소리, 최후의 하강인 양 모든 산 자와 죽은 자들 위로 흩날리는 그 소리를 들으며 그의 영혼은 서서히 저물어갔다His soul swooned slowly, as he heard the snow falling faintly, like the descent of their last end, upon all the living and the dead."

두 단어나 문장을 나란히 배치하면 어떻게든 서로 융합한다. 자연 풍경이 우리의 지각 속에서 다양한 색으로 어우러지듯이, 인간의 감정은 유일하지도 단조롭지도 않고 거의 항상 서로 다른, 심지어 모순되는 반응이 뒤섞여 있다.

어떤 이야기를 전할 때 우리는 마치 분수처럼 모든 단어와 문장이 서로 반영하고 영향을 미치는 시스템을 만들어낸다. 이 시스템은 때로 기적처럼 보이며 결코 정적이지 않다. 늘 진화하고 바로 눈앞에서 변화하는 자연처럼 말이다.

# 전조

전조는 앞으로 일어날 사건을 구성하는 방식을 제공한다. 우리가 실제로 생각하는 방식인 마음의 윤곽을 자연스럽게 따라가기도 하지만, 엄격한 시간 순서를 따르는 경우는 드물다.

나중에 일어날 장면을 미리 이야기함으로써 추리에 중요한 단서를 제시해 긴장감을 조성하거나, 엉뚱한 용의자에게로 독자를 유인할 수도 있다.

패티 스미스의 훌륭한 회고록《저스트 키즈》처럼, 전조가 다음에 이어질 이야기의 실제 주제를 설정할 수도 있다. 스미스는 "내가 잠들어 있었을 때 그가 죽었다"라는 말로 책의 서문을 시작한 뒤, 곧 알게 될 슬픈 소식과 그 소식을 전해온 전화에 어떻게 마음의 준비를 했는지 설명한다.

그러나 책의 첫 장인 〈월요일의 아이들Monday's Children〉은 스미스가 어렸을 때로 거슬러 올라가 시작한다. 서문 대신 이 첫 장으로 책을 시작했더라면 평범한 자서전으로 보였을지도 모른다. 그러나 이 책은 그렇게 보이지 않는다. 깊은 우정을 다룬 이야기로 읽힌다. 책에 묘사된 두 친구가 처음 만나는 순간을 책에서 발견하기 훨씬 전부터 그 사실을 느낄 수 있다.

이런 구성은 전혀 혼란스럽게 다가오지 않는다. 사실 친숙한 방식이다. 애도와 사랑의 형태라는 익숙한 서사를 따르고 있기 때문이다.

내가 잠들어 있을 때 그가 죽었다. 그날 한 번 더 잘 자라는 인사를 하려고 병원에 전화를 걸었을 때, 그는 진통제를 맞아 통화할 수 없었다. 전화기 너머로 그의 가쁜 숨소리를 들으며 이제 다시는 그의 목소리를 들을 수 없을지도 모른다고 생각했다.

—패티 스미스,《저스트 키즈》에서.

# '~가 되는 것'과 등장인물

최고의 여자주인공과 남자주인공은 마치 내면의 성장을 겪은 듯 보인다. 외모와 옷차림, 말투와 방을 걸어가는 방식 등 세부 사항이 제자리를 잡으면서 '그들이 누구인지<sup>who they are</sup> 드러나는 것 같다. 여기서 주목해야 할 단어는 사실 '~가 되다<sup>to be</sup>'의 한 형태인 'are'이다.

오손 웰즈<sup>Orson Welles</sup>와 그의 전기를 쓴 작가와의 인터뷰에서 나는 지금까지 들어본 중 주인공에 대해 가장 잘 설명한 내용을 들었다. 오손 웰즈는 그 자리에서 글쓰기가 연기와 비슷하다는 점, 즉 배우는 자신이 창조하는 등장인물이 되어야<sup>to be</sup> 한다는 점을 깨닫고서 놀랍고 또 기분이 좋았다고 말했다.

물론 '~가 되는 것<sup>being</sup>'은 동사다. 지구상의 다른 모든 존재와 마찬가지로, 내가 누구인지, 무엇을 알고 무엇을 하는지는 항상 바뀌며 등장인물 역시 마찬가지다.

처음 쓴 책을 포함해 내가 쓴 책에서도 전부 그렇다. 내가 이 일을 평생 하게 될 줄은 몰랐지만 말이다. 책 한 권 한 권이 깨달음을 향한 여정이었다. 그리고 만약 누군가가, 즉 주인공이 책 초반부나 전체에 걸쳐 몰랐던 아주 중요한 사실을 책의 마지막에 알게 되는 방식은 내게 맞지 않는다. 그건 해피엔딩이 아니다. 내가 보기에는 그렇다. 내가 책을 쓰는 방식은 갑자기 "아하!" 하면서 깨닫는 것이 아니다. 그냥 성장하는 것이다. 배우는 것이다. 즉 무언가를….

-토니 모리슨, 2019년 8월 7일《뉴요커The New Yorker》, 힐튼 앨스Hilton Als와의 인터뷰에서.

# 영혼의 신비

　책이 작가의 머릿속에 들어오는 과정에는 대체로 이야기가 진행되면서 결실을 맺을 의미가 포함된다. 마이클 온다체의 아름다운 회고록 《혈통Running in the Famlily》에 대해 다시 이야기하자면, 그는 이 책이 탄생하게 된 과정을 공개하며 이야기를 시작한다. 온타리오의 추운 겨울 동안, 잠을 자던 그는 땀과 눈물로 범벅이 된 채 잠에서 깨어난다. 그는 이미 스리랑카로 돌아갈 여행을 계획하고 있었는데, 30대 중반이 되었을 때 자신이 '어린 시절을 지나쳐버렸고', 그동안 어린 시절을 '무시하고 이해하지 못했다'는 사실을 깨달았기 때문이라고 말한다. 이 구절은 앞으로 다가올 모든 일에 대해 구슬프고 애석한 분위기를 드리우며, 영혼의 신비에 속하는 해답을 찾고자 하는 열망과 함께 독특한 긴장감을 자아낸다.

　작업 과정에서 일어나는 어떤 일이든 그 일에 관해서 쓰면, 글을 쓰려는 노력을 방해하는 온갖 장애물에서 해방될 수 있다. 예를 들어 가족의 비밀에 대해 글을 쓰는 경우, 그 비밀을 말하기가 얼마나 불안한지 털어놓으며 시작할 수 있다. 나중에 그 부분을 지우더라도, 이런 글을 적어보는 것은 우리 모두 마음속에 품고 있는 금지된 기억의 동굴을 여는 열쇠와 같은 역할을 할 것이다.

# 기억

어머니의 죽음을 다룬 나타샤 트레처웨이Natasha Trethewey의 감동적인 이야기《메모리얼 드라이브Memorial Drive》는 범죄 현장을 방문해 어머니의 기억을 되찾으려는 노력에서 시작한다. 그녀는 어머니가 살해당한 메모리얼 드라이브의 아파트 단지 정문을 지나 '이곳에서 떠오르는 기억과 떠오르지 않는 기억을 되살리려는 듯' 차를 몰고 간다.

트라우마 후에 받은 충격은 원래의 충격으로부터 마음을 보호하기라도 하듯 기억을 무디게 할 수 있다. 이야기를 하면 치유되지만, 이야기를 하려면 기억의 단편을 천천히 재구성하고 산산조각 난 사건 전체의 의미를 되찾으려는 노력을 지속해야 한다. 바로 이 과정이 '기억'이라는 단어에 담겨 있다.

종종 하나의 사소한 세부 사항이 진실을 환기하는 데 도움이 된다. 트레처웨이는 어머니가 돌아가신 침실 창문 아래 서 있는 동안 "모든 것이 죽음의 흔적을 간직한 것 같았다"라면서 며칠 뒤까지 남아 있는 벽의 총알구멍을 떠올린다.

세부 사항을 거의 기억하지 못하거나 아예 기억하지 못할 때 무지와 기억상실, 절망을 드러내면, 그 이야기는 부서지기 쉬운 인식의 차원에 대한 묘사를 포함하게 된다.

로지아(한쪽에 벽이 없는 방으로 주로 복도나 거실로 쓴다—옮긴이)들이 보이던 골목 마당을 바라볼 때보다 유년 시절에 대한 기억을 강렬하게 떠올릴 적은 없었다. 컴컴한 로지아 중 한 곳은 여름이면 차양으로 덮였는데, 그 로지아는 내게 도시가 새로운 시민을 품기 위해 마련한 요람같이 느껴졌다. 위층의 로지아를 떠받치던 카리아티드(머리에 광주리를 인 여성의 형상을 한 기둥—옮긴이)는 잠시 머리를 떠나 그 요람에서 내게 자장가를 불러주었는지도 모른다. 그 자장가에 훗날 나를 기다리는 미래는 그 무엇도 담겨 있지 않았지만, 그 노랫가락에는 언제나 나를 취하게 하는 그때의 공기가 배어 있었다.

-발터 베냐민, 《1900년경 베를린의 유년 시절Berlin Childhood Around 1900》

# 묘사

묘사하고자 하는 대상에 대한 세부 사항을 하나하나 자세히 기록할 필요는 없다. 화자가 건축가라면 방금 들어온 방의 정확한 치수를 언급할 수도 있다. 화자가 의류 디자이너라면 다른 등장인물이 입고 있는 치마의 길이를 이야기할 것이다. 첫 번째 경우 화자가 건축가나 건축업자가 아니라면, 방의 크기는 '작음', '중간', '큼' 또는 '거대함' 정도면 적당하고, 두 번째 경우 디자이너의 말을 듣는 것이 아니라면 치마에 대해서는 '길다', '짧다' 또는 '아슬아슬할 정도로 짧다'로 충분할 것이다. 치마의 경우에는 치마를 입은 여성이나 치마에 대해 설명하는 남성에게 있어 치마 길이에 의미가 담겨 있을 가능성이 높다.

묘사는 종종 관찰 대상만큼이나 관찰자에 대해 많은 것을 드러낸다. 그러나 묘사에 반드시 적용되는 규칙이 있다. 지루하게 묘사하지 말라. 자신이 정말로 흥미를 느끼거나 감동한 것(또는 작품에서 화자가 흥미를 느끼거나 감동할 만한 것)을 묘사하라. 그렇게 하면 묘사로 두 가지 역할을 하게 되는데, 정원이나 호수, 꽃병이나 동네의 개를 생생하게 표현하는 동시에 작가 자신이나 작가가 창조한 등장인물이 바라보는 방식으로 사물을 바라보게 할 수 있다.

사람이든 사건이나 개념이든 피사체가 무엇이든, 진공 상태에서 나타난 것이 아니다. 모든 것과 모든 사람은 환경에서 발생하고 환경에 의해 형성된다. 배경에 관해 설명하자면, 안나 카레니나가 브론스키와 사랑에 빠지기 시작하는 무도회, 댈러웨이 부인의 런던, 발터 베냐민이 어렸을 때 살았던 건물의 안뜰 등 사건이 일어나는 환경은 이야기의 일부다. 그리고 환경은 그 안에 사는 사람들과 분리될 수 없으므로 '배경'이라 불리는 것에는 대체로 중요한 의미가 있다. 이런 점을 이해하면 묘사가, 지루한 작업에서 의미 있는 탐색으로 바뀐다. 어떤 세부 사항이 이야기에서 더 깊거나 더 큰 의미를 나타내고 있는가?

이러한 세부 사항이 반드시 이미지를 완성하지는 않지만, 대신 방향을 제시한다. 독자의 상상력이 그림에서 부족한 부분을 채울 것이다.

등장인물도 마찬가지다. 등장인물의 신체적인 속성을 전부 설명하면 묘사하는 것만큼이나 읽기도 지루할 것이다. 대신 군인의 꼿꼿한 자세, 사무원의 구부정한 등, 아이의 달콤한 미소 등 인물을 연상시키는 세부 사항을 몇 가지 포함하면, 진지하지만 실패하고 말 세부 사항 집합으로는 포착하는 것보다 훨씬 더 많은 감정을 불러일으킬 수 있다. 피터 멘델선드Peter Mendelsund가 《우리가 읽을 때 보는 것What We See When We Read》에 썼듯이, "서사는 생략을 통해 더욱 풍부해진다."

문학작품 속 등장인물은 물리적으로 모호하며, 몇 가지 특징만 있다. 이런 특징은 거의 중요해 보이지 않거나 오히려 이 특징이 인물의 의미를 구체화하는 데 도움이 된다는 점에서만 중요하다. 등장인물의 설명은 일종의 한계 지정에 가깝다. 인물의 특징은 그 경계를 묘사할 때는 도움이 되지만, 한 사람을 진정으로 묘사할 때는 도움이 되지 않는다. 텍스트가 설명하지 않는 지점이야말로 바로 우리의 상상력을 자극한다.

-피터 멘델선드, 《우리가 읽을 때 보는 것 What We See When We Read》에서.

# 분위기

배경이라고도 하는, 이야기의 안팎에서 느껴지는 분위기는 사건에 대한 설명을 읽거나 쓰기에 적합한 상황을 조성하는 역할을 한다. 이야기가 사실이든 허구이든, 바다에서의 항해, 숲속, 도시가 내려다 보이는 언덕, 이탈리아의 한 마을에서 망명 생활을 한 카를로 레비Carlo Levi'의 이야기 《그리스도는 에볼리에 머물렀다Christ Stopped at Eboli》에 나오는 시골 마을 어귀처럼, 배경은 그 어느 곳이라도 될 수 있다.

일종의 동물적인 마성이 황량한 마을에 깃들어 있었다. 수탉이 울부짖고 있다. 이 오후의 노랫소리는 이른 아침의 쩌렁쩌렁한 위엄보다는 고적한 시골의 한없는 슬픔을 반영하고 있었다. 하늘에는 검은 까마귀 떼로 가득 찼고, 그 위를 매 여러 마리가 맴돌았다. 그들은 둥근 눈을 나에게 고정한 채, 나를 따라오는 듯했다.

쿠르치오 말라파르테Curzio Malaparte의 소설 《카풋Kaput》에서처럼 풍경과 향기, 은밀한 시선, 사진과 기억, 심지어 닫힌 창문을 통해 들리는 소리로도 분위기를 조성할 수 있다. "구슬픈 그리움이 섞인 통곡 소리가 바람 속에 흩날리고 있었다…."

찰스 디킨스의 소설 《두 도시 이야기 Tale of Two Cities》의 유명한 도입부처럼 배경은 역사적 또는 개념적일 수도 있고, 한 시대의 테너 역할을 할 수도 있다.

**최고의 시절이자, 최악의 시절, 지혜의 시대이자 어리석음의 시대였다. 믿음의 세기이자 불신의 세기였으며, 빛의 계절이자 어둠의 계절이었다. 희망의 봄이면서 곧 절망의 겨울이었다.**

배경은 화자의 기분을 반영할 때가 많지만, 마르그리트 뒤라스 Marguerite Duras가 회고록 《전쟁 The War》에서 남편이 강제수용소에서 돌아온 직후 함께 해변에서 보낸 화창한 한때를 묘사한 것처럼, 극명한 대조를 드러내며 분위기를 고조할 수도 있다.

배경 묘사가 독자에게는 한 장면의 분위기를 연상시킨다면 작가에게는 더 깊은 기억과 감정의 근원이 드러나게 할 수 있다. 잠시 멈춰 있고 영감이 떠오르지 않는다면 이야기의 분위기, 또는 현재의 배경과 그 분위기를 묘사해보라. 단순히 배경으로 여겼던 것을 곰곰 되새겨보면 작품에서나 인생에서 내가 누구인지, 그리고 앞으로 어떤 사람이 될 것인지에 결정적인 영향을 미칠 수 있다.

{ 투시력 }

# 글쓰기는 곧 다시 쓰기다

**나는 일찌감치 글쓰기가 다시 쓰는 일임을 배웠다.**

-에밀리 버나드<sup>Emily Bernard</sup>, 오너 무어와의 대화에서.

어느 날 오후 나는 양아버지가 전날 그린 그림 위에 진한 흰색 페인트를 칠하는 모습을 보고 있었다. 양아버지는 내게 작가가 부럽다고 말씀하셨다. "변화를 주고 싶을 때 이전 버전을 파괴할 필요가 없잖니." 몇 년 뒤 작가 제임스 로드<sup>James Lord</sup>의 《작업실의 자코메티 *A Giacometti Portrait*》를 읽으며 이 말을 떠올리게 되었다. 책에서 그는 친구이자 위대한 예술가인 자코메티가 매일 아침 화실로 돌아와 전날 작업한 작품을 죄다 망가뜨린 모습을 보고 실망했던 몇 달간을 묘사하고 있다. 나도 책을 읽으며 로드와 함께 그 모든 파괴적인 광경에 몸서리쳤다. 그러나 사실 글쓰기에도 수많은 파괴가 뒤따른다(나는 일단 문장을 수정하기 시작하면 그 이전 형태를 되살리는 경우가 드물다).

지금은(이미 많은 책을 쓴 뒤에야 능상한) 컴퓨터로 글을 쓰면서 한 문장을 마치기 전에 여러 단어를 삭제하고 바꾼다. 그렇다고 해서 아침에 퀭한 눈으로 전날 쓴 글을 한 번, 두 번, 세 번 다시 쓰는 일에서 벗어날 수는 없다. 이런 작업을 창작이라고 하는 것이다. 그리고 이런 작업을 피할 수 없는 과정의 일부로 받아들이면 생각보다 훨씬 더 희망적인 기분이 들 것이다. 그렇다. 어제 오후만 해도 썼던 문단이 훌륭하다고 믿었다. 그러나 아침이 되어 다시 보니 전혀 그렇지 않다. 생각했던 것만큼 괜찮지가 않다. 그러나 이제는 어제 괜찮았다고 잘못 판단한(어쩌면 꿈을 꾸었을지도 모른다) 문단을 성실하게 다시 손볼 수 있다.

나는 그저 하룻밤 사이에 우리가 작가에서 독자로 관점을 전환하게 되었다고 말할 수 있을 뿐이다. 전날 작성한 부분에 대한 아이디어와 의도가 더는 머릿속에서 중요한 자리를 차지하지 않으므로, 실제로 페이지에 쓴 내용이 더는 우리의 판단을 어지럽히지도 않는다. 이제 다른 작업이 눈앞에 놓여 있다. 더는 아이디어를 떠올리지 않고 대신 독자에게 의미를 명확하게 전달하는 방법에 집중할 수 있게 된다. 운이 좋은 날에는 덜 어색하게, 어쩌면 심지어 아름답게 쓸 수 있을 것이다. 그런데 실제로는 작가로서의 자신과 독자로서의 자신 사이의 경계가 그리 뚜렷하지 않다. 어제 쓴 글을 수정하고 고치고 다듬으면서 새로운 아이디어가 떠오를 때가 많기 때문이다(따라서 글을 읽는 동시에 글을 쓰게 된다).

많은 작가에게 교정 작업은 습관이다 못해 중독에 가깝다. 글을 쓰는 몇몇 친구들은 가능하다면 작품을 출간한 뒤에도 오랫동안 교정을 계속할 것이라고 말했다. 교정의 즐거움은 나무 책상이나 의자에 사포질하거나 가죽 구두를 수선하는 즐거움과 다르지 않다. 평생 읽고 쓰면서 갈고닦은 기술을 담담히 훈련하는 것과 같다.

연필로 글을 쓰면 내가 의도한 바를 독자가 제대로 이해하고 있는지를 세 가지 다른 방식으로 확인할 수 있다. 첫째, 처음 다시 읽을 때다. 둘째, 타자를 치며 다시 한 번 고칠 기회가 생긴다. 그리고 마지막으로 교정 작업을 할 때다. 연필로 먼저 쓰면 고칠 기회가 세 번이나 생기는 셈이다. 야구 타자로서는 아주 좋은 평균이다. 또한 더 오랫동안 유연하게 유지되므로 더 수월하게 고칠 수 있다.

-어니스트 헤밍웨이, 《바이라인:어니스트 헤밍웨이By-Line:Ernest Hemingway》에서.

# 충분함

나는 최선을 다해 할 말을 쓴 다음 잠시 밀어두었다가, 시간이 지난 뒤 다시 꺼내어 새로운 마음으로 읽는 것을 원칙으로 삼고 있다. 새로 읽은 글에서 마음에 들지 않는 부분이 없다면 그것으로 충분하다.

-월트 휘트먼

자신의 작품을 편집할 때는 뛰어난 부분을 파악하는 것만큼이나 개선할 수 있는 부분과 개선해야 할 부분을 아는 것이 중요하다(다른 사람의 작품을 편집할 때도 마찬가지다). 자칫 열심히 일하는 분위기에 휩쓸려 스스로 얼마나 변했는지에 따라 노동 가치를 측정할 수 있다. 이런 실수를 조심하라. 한 장면이나 문장, 문단이나 구절이 효과적이거나 감동적이거나 아름다울 때는, 어떤 식으로든 작품 전체를 훼손하지 않는다면 그냥 놔두어라. 문학에서 가치를 창조하는 것은 신비로운 일이며, 강력해 보일지라도 섬세하다.

앞선 인용문에서 작업 방식을 설명한 것과는 달리 월트 휘트먼은 오랜 세월에 걸쳐 대표작인 《풀잎들Leaves of Grass》을 다양한 판본으로 출판했다. 그러나 온갖 노력을 기울였어도, 아니면 그 노력 때문인지 1856년에 출판된 두 번째 판본을 수많은 독자와 비평가들이 최고로 꼽는다. 1860년 판을 선호하는 사람도 있고, 1892년에 출판된 최종판을 선호하는 사람들도 있기는 하다. 그러나 많은 이들이 휘트먼의 이 1856년 판본을 그의 인생 최고의 판본이라고 믿는다. 1856년에 출판된 판본이 보존되어 있다는 사실에 감사하다(오늘날 가장 자주 출판되는 판본이다).

이런 관점에서 초고를 적어도 1년 동안 보관하라. 하루나 이틀 또는 몇 주 또는 몇 달 뒤에 편집본을 보면 변경 사항에 대해 다시 생각해보게 될 수 있다. 무엇보다 자신의 좋은 작품을 소중히 여기는 법을 배워야 한다. 이 과정의 일환으로 자신이 쓴 글을 소리 내어 읽어보라. 리듬은 문법만큼이나 중요하며, 사실 문법보다 더 중요하다. 이 말이 잘 이해가 되지 않는다면 《풀잎들》에서 아무 시나 한 편 골라 소리 내어 읽어보라. 소리가 왜 중요한지 깨닫게 될 것이다.

# 나는 어떻게
# 글쓰기를 배웠는가?

나는 운 좋게도 창조적으로 글을 쓰는 방법을 가르치는 선생님과, 명료하게 글을 쓰는 방법을 가르치는 선생님을 모두 만났다.

두 수업 모두 내가 문학에서 목격했던 기적 뒤에 숨겨진 신비한 메커니즘을 탐구했다. 첫 번째 수업을 통해 나는 은유와 전조 같은 유용한 요소와 창작이라는 무기를 갖추게 되었다. 두 번째 선생님께는 문장의 구조와 문단, 그리고 에세이 전체(또는 책)가 어떻게 형성되고 또 형성되어야 하는지 배웠다. 이런 식으로 결국은 그토록 단순하게 느껴지는 명료함이 복잡한 사고와 언어를 빚어진다는 사실을 알게 되었다.

그 후 몇 년 동안 영문학 학위를 취득하면서 시와 소설, 에세이와 영화 평론을 계속 써서 몇 편을 출판하고 두 편의 희곡을 썼다(둘 다 엇갈리는 평가를 받았다). 그러나 아직 배워야 할 게 더 많았다. 그리고 운 좋게도 처음에는 교정자로, 다음에는 교열 담당자로, 마지막으로 진보 잡지 《램파트Ramparts》에서 한동안 전속 작가로 일할 기회가 주어졌다. 다른 사람이 쓴 글을 수정하고 개선하려고 노력하면서 내 글을 다시 읽고 편집하는 것이 얼마나 중요한지 배웠다.

이러한 깨달음은 몇 년 전부터 알게 된 관점으로 더욱 굳건해졌다. 양아버지 모트가 내가 아직 고등학교에 다닐 때 쓴 일련의 짧은 시를 보고 감탄

한 뒤, 나는 시를 쓰면서 계속 더 잘 쓰려 했다. 그러나 새로 쓴 시를 양아 버지에게 보여드렸을 때 그는 만족스러워하지 않았다. 내 시에서 생명력 이 사라졌다고 느낀 그의 판단이 옳았다. 덕분에 나는 편집자가 원고를 개 선하고자 할 때 명심해야 할 주의 사항을 일찌감치 깨달았다. 외과 의사와 마찬가지로, 수술 도중 환자를 죽이지 않도록 조심해야 한다는 사실을 배 운 것이다.

# 세부 사항

작품을 편집할 때는 세부 사항에 주의를 기울여야 한다. 아름답게 재단된 재킷의 눈에 잘 띄는 곳에 단추 두 개가 빠져 있다고 생각해보라. 흠잡을 데 없는 재단사처럼, 원고를 편집할 때는 내용을 검토해야 할 뿐 아니라 맞춤법이나 구두점과 같은 세부 사항까지 전부 하나하나 확인해야 한다.

몇 년 전, 내 멘토이자 친구인 카이 보일Kay Boyle이 내게 이 사실을 가르쳐주었다. 보일은 내가 보여준 원고의 작은 오류까지 빠짐없이 수정해주었다. 뛰어난 재치로 유명한 오스카 와일드Oscar Wilde는 "오늘은 무슨 일을 했습니까?"라는 질문을 받자, 서재에서 지친 표정으로 나오면서 "오전 내내 쉼표를 하나 넣고 오후 내내 그 쉼표를 뺐습니다"라고 대답했다고 한다. 물론 과장된 표현이긴 하지만, 아예 틀린 말은 아니다. 쉼표 하나를 잘못 넣어 문장 전체를 이해하지 못할 수도 있기 때문이다.

# 겹쳐 쓰기

겹쳐 쓰기를 조심하라. 긴장한 탓에 너무 많이 웃는 손님처럼, 미미한 효과만 있을 뿐 독자의 신뢰를 떨어뜨린다. 평론가가 자신이 검토하는 책 한 구절이 저자가 방문한 도시의 초상화를 펼쳐놓은 것이라고 묘사하면, 독자는 그 구절이 묘사하고자 하는 내용보다 '펼쳐놓다'라는 단어에 더 집중하게 된다. 평론가가 창의적으로 언어를 사용했다고 하더라도 이런 단어를 사용하는 일은 적당하지 않다. '도시의 초상화가 널따란 종이에 그려 있었나?' 독자는 무의식적으로 이렇게 묻게 될 것이다.

'펼쳐놓다'라는 동사에는 근본적으로 문제가 없다. 오션 브엉 Ocean Vuong이 그의 탁월한 소설 《지상에서 우리는 잠시 매혹적이다On Earth We're Briefly Gorgeous》에서 이 동사를 어떻게 사용하는지 들어보라. "캘러핸 선생님이 제 뒤에 서서 귓가에 입을 대면, 전 언어의 물결 속으로 더 깊숙이 빠져들었죠. 이야기가 펼쳐지면서, 그 폭풍이 선생님의 목소리와 함께 밀려들었어요." 자연 풍경의 움직임, 은유적인 폭풍과 물결에 둘러싸인 동사 '펼쳐지다'는 이 자리에 어울리는 듯하다.

첫 번째 예에서 '펼치다'라는 단어는 모호하고 혼란스럽다. 두 번째 예에서는 브엉이 폭풍의 이미지로 펼쳐지는 물리적 행위를 인식하고 확장하기 때문에 이 단어가 우리의 이해를 돕는 데 효과적이다. (아이디어를 표현할 때뿐 아니라 물리적 감각과 감정을 묘사하기 위해 요구되는) 명확성을 달성하는 것을 목표로 삼는다면, 독창성과 같은 다른 속성도 확보할 것이다.

# 중복과 동어반복

"하지만 미친 사람들 사이에 끼고 싶지 않은걸." 앨리스가 말했다.

"아, 그건 어쩔 수 없어. 여기 우리 모두 미쳤거든.

나도 미쳤지. 너도 미쳤고." 고양이가 대꾸했다.

"내가 미쳤는지 어떻게 아는데?" 앨리스가 물었다.

고양이가 말했다.

"그럴 수밖에. 그렇지 않으면 여기 오지 않았을 테니까."

-루이스 캐럴, 《이상한 나라의 앨리스》에서.

도널드 트럼프 전 미국 대통령의 참모 중 한 사람이 최근 탁월한 비유를 하나 남겼다. "미국 대통령이 하는 권한의 일의 권한이 미국 대통령에게 있다." 이러한 자가당착적 논리는 자주 의도치 않은 유머를 만들어내는데, 다음 문장처럼 또 다른 정치인이 남긴 유머가 대표적이다. "성공하지 못하면 실패할 위험이 있다."

중복이 늘 동어반복인 것은 아니다. "5G는 항상 새로운 혁신이다"에서처럼, 과장할 때는 같은 말을 두 번 반복하지 않는다. 아니면 "후보자는 자신의 집회에 오는 군중의 수를 지나치게 부풀리고 과장하는 경향이 있다"나 요기 베라Yogi Berra의 유명한 발언인 "다시 데자뷔가 반복되고 있다"와 같이, 화자가 자신이 사용하는 단어를 이해하지 못한다는 인상을 주기도 한다(데자뷔는 '이미 본 것'이라는 뜻이다).

　자신의 주장을 그저 다른 단어로 표현해 옹호하거나, 같은 말을 두 번 반복해 요점을 강조하는 것은 저지르기 쉬운 실수다. 그러나 결국 동어반복과 중복은 주장뿐 아니라 산문의 힘도 떨어뜨린다. 더 중요한 문제는 생각의 흐름을 끊을 수 있다는 점이다. 다음에 무슨 말을 해야 할지 확신이 서지 않을 때 신뢰할 만한 사실, 즉 말을 반복하는 데 의지하려는 충동이 일어난다. 반복으로 과정을 일찌감치 마무리하는 대신 취약한 상태, 즉 알지 못하거나 불확실한 상태를 허용하면 새롭고 더 놀라운 통찰력을 발견하게 될 것이다.

# 너무 많이 또는 너무 적게

많은 작가들이 공유하는 두 가지 습관이 있다. 하나는 너무 많이 써서 독자를 지루하게 하거나 독자의 인내심을 시험하는 것이다. 다른 하나는 너무 적게 써서 독자를 혼란스럽게 하거나 심지어 실망시키는 것이다.

겹쳐 쓰기는 유려한 문장들과 헷갈릴 수 있다. 그러나 역설적으로 너무 많은 단어는 창의적인 과정을 방해할 수 있다. 중요하지 않은 사실에 대해 너무 많은 이야기를 계속하다 보면 생각의 발전이 멈춰버리기도 한다. 멈춤은 처음에는 불편하게 느껴지기도 하지만, 아직 의식의 표면으로 떠오르지 않은 잠재된 의미로 가득 차 있다. 친밀한 대화를 나누다가 침묵할 때와 마찬가지로, 잠시 멈춤이 계속되면 이내 상상하지 못했던 무언가를 발견할 가능성이 높다.

겹쳐 쓰기를 하면 아이디어나 장면, 캐릭터가 더는 발전하지 않고 과열된 상태로 남아, 창의적인 과정을 방해할 수 있다. 아직 제대로 걸을 수 없으니 나아갈 수도 없다. 이러한 습관을 인식하게 됐다면 전투에서 중반부에 도달한 셈이다. 편안하고 좋은 친구처럼 말하는 내용을 전부 이해하고 말할 내용까지 예측할 수 있지만, 여전히 당신이 말하는 것을 듣고 싶어 하는 독자를 상상하는 편이 더 도움이 된다. 이 두 가지 습관 모두 근본적인 문제는 대개 신뢰다.

Out of Silence, Sound. Out of Nothing, Something.

"처음부터 시작해서

끝날 때까지 계속하고, 그런 다음 멈춰라."

왕이 매우 진지하게 말했다.

-루이스 캐럴, 《이상한 나라의 앨리스》에서.

# 무언가

이제 끝에 가까워졌으니 무언가를 만들어냈음을 알게 될 것이다. 예상 가능한 결론이든, 깜짝 놀랄 반전이든, 그 중간 어디쯤이든, 우리가 쓴 결말이 이전의 모든 것에서 자연스럽게 성장했다는 느낌이 들어야 한다. 그렇지 않으면 독자는 그 글을 인위적으로 느낀다. 그리고 실제로도 그러할 것이다.

# 이맘때쯤

두려워 말라. 알든 모르든, 이맘때쯤 우리는 수많은 결말을 창조해왔다. 그러므로 끝낸 문장도 무척 많을 것이고, 하나하나의 문장이 실은 생각보다도 무척 중요하다. 우리는 각 문장을 지으면서 문장의 인장 강도(재료가 끌어당기는 정도에 얼마나 버티는가를 나타내는 물리적 성질—옮긴이)를 평가해야 했다. 얼마나 많은 무게를 지지할 수 있는지, 좀 더 문법적으로 말하면 얼마나 많은 동사와 절과 부사는 물론, 아이디어와 행동, 묘사를 무너지지 않고 자체 무게로 수용할 수 있는지 가늠하는 것이다.

우리는 수많은 문단도 마무리해야 했다. 각 문단을 한 번이 아니라 적어도 두 번은 들었을 것인데, 한 번은 쓰면서, 두 번째는 직접 읽으면서 그 소리를 들었을 것이다. 이 과정에서 마치 해안에서 파도를 타는 서퍼나 착지를 목표로 공중을 날아오르는 체조 선수처럼 소리를 뛰어넘었다. 그런가 하면 의미를 파악하고 그에 따라 (말의 소리까지 감안해) 미세한 결정을 내리기도 했을 것이다.

내가 학생이었을 때 우리는, 문단이나 에세이를 시작할 때 주제를 소개하고 논증이나 설명을 진행하며 말한 내용을 요약하는 결론으로 끝내라고 배웠다. 지루하게 들리기는 하지만 이 가르침에는 영원한 지혜가 담겨 있다. 여기서 우리 목적은 전체를 염두에 두는 것이다.

조각들이 어떻게 서로 맞을까?

오페라의 결말이 일반적으로 서곡에서 들었던 주제를 반복하듯이, 결말이 시작을 반영하고 있는가?

눈부시게 빛나던 젊은이가 파멸을 맞이하듯이, 결말이 희극적으로나 비극적으로 시작에서 뚜렷이 벗어나고 있는가?

책을 끝낼 때는 세부 사항에서 부분의 총합으로 초점을 옮기고 싶을 것이다. 이야기나 주장 또는 설명의 어느 지점에서 끝내고 싶은가? 그 답이 항상 뚜렷하지는 않다. 예를 들어 캘리포니아에서 발생한 산불에 관한 이야기를 쓴다고 하자. 그렇다면 불이 다 꺼졌을 때 끝내야 할까? 아니면 그 여파가 계속되는 동안 주민들이 떠나거나 재건을 결정하는 과정까지 담아야 할까? 아니면 환경적·인적·산업적 측면에서, 또는 이 세 가지 모두에 해당하는 총체적인 재난의 원인을 계속 탐구해야 할까?

답은 전하는 이야기의 목적과 결과에 따라 논리적일 수도 있다. 또는 미학적일 수도 있다. 어쩌면 양쪽 모두일 수도 있다. 어느 쪽이든 자신이 무엇을 만들어냈는지 스스로 물어보라. 글쓰기 과정의 모든 순간과 마찬가지로 이 순간 역시 즉흥적이다.

현재 작품의 분위기는 어떤가?

이 분위기가 당신을 어디로 데려가는가?

지금까지 작업한 내용을 하나하나 염두에 두고 작품 안에서 준비

되어 기다리고 있는, 가장 아름답고 감동적이며 강력한 결말에 이
르는 길을 따라가보라.

# 전부 마무리하기

주요 줄거리만 중요한 것이 아니다. 물론 범죄를 해결하거나 엘리자베스가 마침내 다시의 청혼을 받아들이는 장면을 그리거나, 캐서린이 출산으로 죽어가는 모습을 프레데릭이 지켜보는 장면을 묘사하거나, 그레타가 가브리엘에게 그토록 멀게 느껴졌던 이유를 마침내 설명해야 한다(제인 오스틴의 《오만과 편견》, 어니스트 헤밍웨이의 《무기여 잘 있거라》, 제임스 조이스의 《죽은 자들The Dead》의 장면들이다.—옮긴이).

서브플롯은 해결해야 할 문제가 아니라 직면해야 할 문제다. 헤밍웨이가 《무기여 잘 있거라A Farewell to Arms》에서 근사하게 묘사한 이탈리아군의 후퇴 장면을 떠올려보라. 프레데릭은 명령을 거부했던 부하 한 명을 총으로 쏘고 난 뒤, 후퇴한다는 이유로 군경의 처벌을 가까스로 피한다. 이런 상황에서 작품에 서서히 환멸과 패배감, 수치심의 분위기가 쌓여간다. 캐서린의 죽음은 황량하고 수치스러운 분위기를 반영하고 계속 이어나가며, 이 분위기는 개었다 흐려지기를 반복하는 날씨에도 반영되어 또 하나의 서브플롯을 이룬다. 캐서린의 진통이 시작된 밤 날씨가 맑고 화창했다면 캐서린과 프레데릭은 병원으로 갔겠지만, 출산이 힘들어지기 시작하면서부터 비가 내리기 시작한다. 헤밍웨이는 캐서린이 죽었을 때 프레데릭이 공허함이나 상실감을 느꼈다고, 목적을 잃었다고 설명할 필요가 없다.

이야기의 모든 요소를 다루면서 이미 설명했기 때문이다. 헤밍웨이의 간결하고 직설적인 문장은 글을 마치기에 충분하고도 남는다. "잠시 후 나는 병원을 나와 빗속을 걸어 호텔로 돌아왔다."

첫날이 되기 하루 전, 나는 첫 장에서 무슨 일이 일어날지 알았다. 그런 다음 매일, 한 장 한 장, 다음에 어떻게 될지 알게 되었다.

-조지 시메논Georges Simenon

# 우유부단함

어떤 딜레마와 미스터리는 작가가 풀지 않거나 풀 수가 없다. 이런 경우 가장 좋은 방법은 실패를 인정하는 것이다. 엘리자베스 하드윅Elizabeth Hardwick 역시 멜빌에 대한 짧은 전기의 한 장에서 "멜빌에 대한 아주 많은 것이 그랬던 것처럼 보이고, 그랬을 것이고, 아마 그럴 수도 있다"라고 인정했다.

# 끝났지만 끝나지 않은 이야기

어떻게 이런 일이 가능할까? 책을 다 읽었는데도 여운이 가시지 않는다. 계속 남아 있다. 답은 작가가 말하고 있는 이야기가 아니라 문장과 단어, 책 자체에 있다.

에드먼드 화이트의 《마르셀 프루스트Marcel Proust》와 비슷한, 프루스트에 대한 짧은 전기를 쓴다고 가정해보자. 마르셀이 1922년 11월 18일 마지막 숨을 거두었고, 나흘 뒤 페르라셰즈 묘지에 묻혔다는 화이트의 이야기는 138쪽에서 끝난다.

그러나 책은 140쪽에서 끝을 맺는다.

이야기를 마치고 책을 마무리하는 두 쪽에서 화이트는 특히 오늘날 독자에게 프루스트의 작품이 갖는 의미를 간략하게 회상한다. 프루스트는 그가 그토록 빼어나게 묘사한 시대를 우화라기보다는 현실로 바라보았다. 그러나 화이트는 이 작품이 주로 사랑과 '거대한 사회 계층'의 흥망성쇠를 다루는 방식 때문에 살아남았다고 강조한다. 그런 다음 회심의 문장으로 책의 결말을 장식한다. "프루스트는 20세기 최초의 동시대 작가다. 우리 시대의 영구적인 불안정성을 처음으로 묘사했기 때문이다."

화이트는 슬픈 장례식이나 마르셀의 침대 옆에서 불안한 불침번을 서는 장면으로 끝낼 수도 있었다. 그리고 어떤 장면이든 감동적이었을 것이다. 그러나 화이트가 우리에게 제시한 결말은 그가 앞서 138쪽에서 쓴 글보다 훨씬 더 적절하다. 《마르셀 프루스트》는 문학에 관한 책인 동시에 삶에 관한 책이기 때문이다. 그래서 책의 결말 역시 작가로서 프루스트가 내린 선택에 관한 질문과 통찰로 가득 차 있다.

화이트의 마지막 문장에는 또 다른 장점이 있다. 프루스트의 작품과 20세기에 대한 날카로운 통찰력을 보여주는 이 문장은 뼈대 문장 역할을 한다. 창문을 둘러싼 뼈대에 위쪽과 아래쪽이 있듯이 글 역시 시작과 끝 모두 뼈대가 될 수 있고, 또 그래야 한다. 작품을 경험하는 방식의 뼈대가 도입부를 통해 잡힌다면, 작품을 기억하는 방식은 결말로 그 뼈대를 잡게 될 것이다. 기억 속에서 결말 앞에 나온 내용 전부가 채색될 것이다.

이야기의 뼈대를 잡을 뿐 아니라 이해를 돕는 결말의 대가는 바로 헨리 제임스다. 예를 들어 《비둘기의 날개Wings of the Dove》를 읽어보라. 결말에 이를 때까지 마지막 줄을 읽으면 안 된다. 마지막 줄을 먼저 읽으면 작품을 이해하는 경험의 효과가 사라질 것이다. 작가라면 모두 헨리 제임스가 연출한 효과를 만들어내길 원한다. 그러나 안타깝게도 나는 이에 대해서는 어떻게 하면 되는지 가르쳐줄 수 없다(어느 누구도 가르칠 수 없는 부분일 것이라 생각한다). 비밀이 다 밝혀지기 전까지는 이와 같은 결말을 그저 기적이라 불러야 할 것이다.

# 원을 완성하기

## 이난나는 직접 왕관을 썼다!

-김 에클린Kim Echlin, 《이난나: 고대 수메르 신화Inanna: From the Myths of Ancient Sumer》에서.

'원을 완성하기'는 대부분의 작가가 한 번 이상 사용했을 간단한 조언이다. 이야기 전달(또는 보고)을 끝냈거나 주장을 명료하게 설명하고 느슨한 부분을 전부 마무리했다면(딜레마를 전부 해결하지 못했더라도 적어도 해결하지 못했음을 인정했다면), 다시 말해 이야기를 끝냈다면 결말을 찾기 위해 가장 먼저 시작 부분을 돌아보아야 한다.

수천 년 동안, 어쩌면 문자가 발명되기 전부터 민속이나 전통 형식에서는 작품의 시작 부분에 나오는 표현이 이야기 전체에서 한 번 이상 반복되며 작품의 마무리에 사용되었다. 예를 들어 스코틀랜드 게일족의 전통적인 기도문은 "밤의 보석, 그대에게 인사하노라"로 시작하여 "밤의 보석, 장엄한 별들"로 끝난다. "오, 나의 영웅. 제르지 엘레즈 알리아! 언제든 원할 때 하객을 보내주세요!"로 시작하고 "언제든 원할 때 하객을 보내주세요"라는 같은 초대의 말로 끝나는 세르보 크로아트 노래도 있다.

이 관행은 수백 년 동안 여러 문화권에서 우리와 함께 해왔다. 스페인 민요 〈깊은 노래Deep Songs〉에 영향을 받은 페데리코 가르시아 로르카는 첫 연의 마지막 행이 "울음소리 밖에는 아무 소리도 들리지 않는다"로 끝나는 시 〈카시다 델 란토Casida del Llanto〉에서 이 방식을 사용했다.

딜런 토마스Dylan Thomas도 〈순순히 어두운 밤을 받아들이지 말라 Do Not Go Gentle into That Good Night〉에서 비슷한 패턴을 사용한다. 시의 첫 연에 "노년은 날이 저물수록 불타고 포효해야 하니/ 꺼져가는 빛에 분노하고 또 분노하라"라는 대사가 나오고, 마지막에 "꺼져가는 빛에 맞서 분노하고, 또 분노하라"라는 대사를 반복하며 끝난다. 레오나드 코헨의 노래 〈이봐, 그건 안녕이라고 말하는 방법이 아냐Hey, That's No Way to Say Goodbye〉에서는 제목과 같은 이 말이 노래 내내 반복되며 마무리까지 이어진다.

이러한 귀환은 작품에 인간 존재의 근본 형태 중 하나인 원을 새겨 넣는다. 우리는 1년에 걸쳐 원(달)을 돌아 가는 또 하나의 원(지구)에서 살아가며, 매일 아침 떠오르는 원(태양)을 보며 안심한다. 또 다른 원은 밤에 떠오른다. 그리고 우리는 모두 나이가 들어가면서 원처럼 순환하는 여행을 하고 있다. 흙에서 왔으니 흙으로 돌아가리라. 우리를 자라게 하는 음식은 계절이나 자연의 주기와 연결된다. 우리는 생계를 위해서도 가족이라는 원과 친구라는 원에 의존한다.

작품의 시작부터 끝까지를 실로 엮는 것은, 표현하기 힘든 강력한 연결성을 부여한다. 이야기가 행복하게 끝나지 않아도 깊은 만족감을 준다면, 역설적으로 반복은 변화의 수단으로 작용할 수도 있다. 한 연이나 구절의 끝에서 같은 내용이 반복될 때, 그 내용의 의미는 적어도 하나 이상 다른 차원의 의미를 회득한다.

원을 완성하면 발생한 일을 업보와 인과관계, 또는 논리의 한 형태로 파악할 수 있다. 또는 정의와 운율, 이성이 모두 부재한다는 진술로 원을 닫을 수도 있다. 위 모든 내용을 명확하게 표현하는 대신 암묵적으로 드러낼 수도 있다. 결말이 어떤 식으로든 시작을 반영하지 않을 수도 있다. 그렇더라도 올바른 결말을 찾으려면 시작 부분을 다시 살펴보라. 무엇을 만들어왔는지 곰곰 생각해보라. 그런 뒤 작품을 이끌어온 원동력을 소환하고 침묵을 잇따르게 한다면, 더 효과적일 것이다.

나는 발코니를 닫았다.
그 울음소리를 듣지 않으려고.
그러나 이 회색 벽 뒤에는
울음소리뿐이다.
노래하는 천사도 드물고
짖는 개조차 드물다.
천 개의 바이올린이
내 손바닥에 잘 맞는다.
그러나 울음은 거대한 개이다.
울음은 거대한 천사

울음은 거대한 바이올린

눈물이 바람을 잠재우면

울음소리밖에 들리지 않는다.


-페데리코 가르시아 로르카Federico Garcia Lorca, 〈눈물의 카시다Casida of Crying〉

# 끝에서 시작하기

첫 페이지를 쓰거나 쓰기도 전에 결말이 떠오를 때가 있다. 이럴 때 우리 임무는 글쓰기 과정 초기에 구상한 결말이 무엇이든 간에 그 결말에 이르는 것이다. 이런 경우 결말은 종종 본보기이자 목표가 되어 글쓰기 여정의 감정적인 톤과 목적지를 제시한다. 글을 쓰는 모든 과정에 영향을 미치고, 앞으로 펼쳐질 이야기의 어딘가에는 빛을, 어딘가에는 그림자를 드리운다.

**나는 결말을 모른다면 이야기를 시작조차 하지 않는다. 항상 마지막 줄과 마지막 문단, 마지막 장을 먼저 쓴 다음 다시 돌아가서 그 결말을 향해 글을 써나간다.**

-캐서린 앤 포터Katherine Ann Porter, 질 크레멘츠Jill Krementz의 《작가의 책상The Writer's Desk》에서.

# 있는 곳과 없는 곳

'롤핑Rolfing'으로 알려진 유명한 치유법을 창안한 아이다 롤프Ida Rolf는 "문제가 나타나는 곳에는 아무 문제가 없다"라는 말로도 유명하다. 롤프는 환자에게 어깨가 내려앉는 등 신체 한 부위에 통증이나 문제가 생길 때 몸통 주변 근육 등 다른 곳에 해결책이 있는 경우가 많다는 점을 자신의 학생들이 이해하길 바랐다. 이런 식으로 롤프는 몸 안에서 모든 것이 연결되어 있음을 이해하고 환자를 대하는 소위 '시스템적인 사고'를 했다.

모든 형태의 문학에서도 마찬가지다. 1장에 쓴 글은 1,005장에까지 영향을 미친다. 이 점을 염두에 두고 글을 마무리하는 데 어려움을 겪을 때면, 글쓰기의 여정 가운데 어딘가에서 잘못 방향을 들어서지는 않았는지 처음을 돌아보라. 길을 잘못 들었다면 지금까지 따라왔던 방향에 의미가 사라지고 만다. 범죄를 해결하는 데 결정적인 증거를 제공하기 위해 살아 있어야 하는 인물을 죽였을 수도 있다. 아니면 에세이에서 두 가지 문제를 언급했는데 한 가지 문제만 다루었을 수도 있다.

문제를 찾을 때는 자신의 내면에 깃든 불만 사항을 주의 깊게 들어보라. 작가라면 누구나 카산드라 같은 선지자와 불안으로 가득찬 회의론자 그리고 경고만 남발하는 자를 구별하는 법을 배워야 한다. 둘 다 대부분의 작가 안에 살아 있는 존재들이니. 어떤 존재를 기억하고 살려내 글에 반영할지의 선택 또한 작가의 몫이자 고유한 영역이다.

# 데우스 엑스 마키나

원한다면 원더우먼이나 슈퍼맨이 화려하게 등장해 적을 물리치고 마지막에 주인공을 구할 수도 있다. 이러한 장치를 사용한 사람이 우리가 처음은 아닐 것이다. 영화와 만화책, 심지어 소설 등 수많은 성공작에서 이 장치가 사용되어왔다. 그러나 신뢰감을 주려면, 이런 영웅이 마지막 순간 마치 허공에서 튀어나온 양 독자 앞에 갑자기 나타나서는 안 된다.

이런 종류의 미심쩍은 관행을 일컫는 명칭이 있다. 바로 데우스 엑스 마키나<sup>deus ex machina</sup>다. 이 용어는 인기 있는 그리스와 로마 극장에서 개발한 기술에서 유래했는데, 이후 코메디아 델라르테라는 정형적인 인물이 등장하는 즉흥극에 영향을 끼쳤다. 르네상스 후기 동안 유럽 전역에서 이 마을 저 마을로 돌아다니던 이탈리아 극단에서 선보인 연극이다. 남녀 주인공이 해결할 수 없을 듯한 곤경에 처할 때마다 크레인을 이용해 신이나 천사를 무대로 내려보내 운명을 바꾸곤 했는데, 이 존재는 당연히 그 어떤 갈등이라도 정의롭고 공정한 사람에게 유리한 방향으로 해결해주는 역할이다.

초자연적인 힘이 개입된다는 것이 이러한 결말의 문제점은 아니다. 그 같은 흥미로운 요소가 없다면 소설과 판타지에 무슨 의미가 있겠는가? 문제는 초자연적인 힘이든 등장인물이든, 마지막에 갑자기 등장하는 그 어떤 것도 믿기 어렵다는 지점에 있다. 이런 경우 독자로서 우리는 조작당하거나 속았다고 느끼기 쉽다. 슈퍼맨이나 원더우먼을 마지막에 등장시키려면 이야기 초반에 훨씬 더 일찍 이 인물을 교묘히 언급하거나 선보여야 한다(예를 들어 슈퍼맨이 평범한 기자인 클라크 켄트로서 망토를 두르는 장면을 보여주는 식의). 슈퍼히어로가 주인공을 구하려 할 때 직면하는 몇 가지 장애물을 소개하는 설정도 고려할 수 있다. 즉, 독자가 결말을 믿게 하려면 결말이 놀라운 반전이더라도 이야기 전반에 걸쳐 보이지 않는 곳에 잠재되어 있다고 느꼈어야 한다. 그래야 예상 밖이더라도 순탄하게 결말에 도달할 수 있다.

이 원칙은 논픽션뿐만 아니라 다양한 플롯에 적용된다. 예를 들어 우리는 일반적으로 소설에서 마지막 장에 새로운 인물이 등장하지 않기를 원한다(물론 직접 등장하지 않더라도 다른 등장인물들이 언급하고 이야기하며 그리워하거나 두려워하는 인물이라면 예외다). 등장인물의 감정 면에서도 마찬가지이다. 엘리자베스가 결국 다시에게 끌리는 것처럼, 마지막에 가서야 밝혀지는 등장인물의 감정 역시 독자들은 항상 수면 아래 그 가능성이 존재하고 있었다는 느낌을 받아야 한다. 논픽션의 경우도 마찬가지다. 미국 대통령이 내린 불행한 결정에 대해 논의할 때 마지막 문단에 가서야 그의 어린 시절에 관한 이야기 전부를 듣고 싶어 하지는 않는다. 그의 어린 시절이라는 주제는 훨씬 더 일찍 언급되고, 뚜렷하게든 희미하게든 작품 전체에 걸쳐 다양한 방식으로 발전되어야 한다.

그러나 모든 경우 그 어떤 엮음의 과정과도 마찬가지로, 실타래가 전부 처음에 소개되고 설명되며 당겨지고 마지막에 연결되어야 한다. 글쓰기라는 직물이 풀리지 않도록 해야 한다. 어쩌면 이 역시 정의의 거울일지도 모른다.

**헤쿠바: 제우스여, 당신이 자연의 필연이든 필멸하는 인간의 마음이든, 기도로 당신을 외쳐 부르나이다! 침묵의 길로 나아가기 위해, 모든 인간사를 정의로운 방향으로 이끄소서.**

-에우리피데스<sup>Euripides</sup>, 《트로이아 여인들<sup>The Trojan Women</sup>》에서.

# 이야기의 교훈

이야기를 끝내는 가장 오래된 방법 중 하나는 교훈을 남기는 것이다. 기원전 6세기 이전, 그 유명한 이솝이라는 노예가 이야기를 들려줄 때 흔히 사용하던 방식이기도 하다. 이솝 우화는 여전히 우리와 함께하며, 그의 상상 속 동물들은 여전히 우리가 어떻게 행동해야 하고 어떻게 행동하지 말아야 할지를 가르쳐주고 있다.

이러한 관습은 초서의 시대인 14세기에도 여전히 널리 퍼져 있었다. 초서의 《캔터베리 이야기》 중 상당수는 〈의사의 이야기The Physician's Tale〉에서처럼 도덕적인, 종교적인 이야기로 끝나곤 한다. "죄를 버리지 않으면 죄로 인해 죽게 될 것이다."

말콤 엑스는 자서전을 도덕적 교훈이 담긴 기도문으로 마무리한다. "만약 내가 미국의 몸에 악성으로 퍼져 있는 인종차별이라는 암을 없애는 데 도움이 될 의미 있는 진실을 밝혀내고 죽는다면, 모든 공은 알라께 돌릴 것이다. 오직 실수만이 내 탓이다."

한나 아렌트는 수백만 명을 대량 학살한 아돌프 아이히만Adolf Eichmann의 재판에 관한 이야기를 이렇게 마친다. "마치 그 마지막 순간, 인간의 사악함에 이르는 이 긴 여정이 우리에게 가르쳐준 교훈, 즉 평범한 악행을 뛰어넘는 무시무시한 말과 생각의 교훈을 그가 요약해주는 듯했다."

위 사례들에서 교훈이란 과거에 있었던 일에서 자연스럽게 생겨난 것처럼 보인다. 이 같은 결론은 개념적으로뿐만 아니라 감정적으로도 과거에 일어난 일의 의미를 확장한다.

# 종결

    종결이란 연설이나 에세이의 끝부분에서 말하거나 쓴 내용을 강렬한 감정을 불러일으키는 단어로 요약하는 것을 뜻한다. 종결은 원초적인 감정에 호소하는 다양한 악당들이 추종자들을 자극할 때 자주 사용하기 때문에 평판이 그리 좋지는 않다. 그러나 종결은 강력하고 기억에 남는 결말을 제공할 뿐 아니라 우리를 하나로 결합하는 방법이기도 하다. 매 구절 "나에게는 꿈이 있습니다"라는 문구로 시작해 약속의 목록으로 끝내는 마틴 루터 킹 주니어의 유명한 연설을 생각해보라. 이 감동적인 '종결'로 그는 정의로운 세상을 향한 꿈을 키우는 거대한 동맹을 구축했다.

# 모호함

문학은 명확한 결론에 도달하는 인간 정신의 능력과, 많은 경우 그렇게 하지 못하는 무능력을 비롯해 수많은 방식으로 삶을 반영할 수 있다. 어떤 악당이 문제의 범죄를 저질렀다는 사실이 정말 확실한가? 현실에서 이런 질문은 위험까지는 아니더라도 매우 까다로운 문제를 양산한다. 그러나 문학에서는 불확실성을 통해 놀라운 결론을 빚어낼 수 있다. 그가 범행을 저질렀을 수도 있고, 아닐 수도 있다. 작가가 묘사한 부부가 화목한 결혼 생활을 했을 수도 있지만 그렇지 않았을 수도 있다. 잭이 백만 달러를 상속받으면 마침내 행복해질 수도 있다. 그러나 그의 성격을 고려해볼 때 그 반대일 수도 있다.

최고의 결론은 진실한 결론이다. 비록 우리가 그 진실을 모른다고 해도 말이다. 이를 위해서는 물론 논리도 필요하지만, 먼저 자신의 작업에 귀를 기울여야 한다. 직접 쓴 산문에서 들리는 소리가, 작품을 창조한 직관적인 의식의 영역으로 우리를 데려갈 것이다. 프랑스 작가 파트리크 모디아노Patrick Modiano는 모호함의 대가다. 그는 소설 《잔상Afterimage》에서 화자가 찾던, 그리고 그 행방에 의문을 품던 중심인물이 시야에서 사라졌다고 말하며 글을 마무리한다. 이 남자는 사라지기 전에 화자에게 더는 자신이 누군지 모르겠다고 말했다. 이 결말은 풀리지 않는 수수께끼가 으레 그렇듯 단순한 해결책보다 더 많은 가르침을 담아낸다.

미래를 염두에 두고 아직 존재하지 않는 결론을 찾고 있다면, 최종 결말을 가로막는 장애물이라고 일축했던 것이 실은 당신이 찾던 해결책이 아닌지 자문해보라. 이 사실(내가 잘 모른다는 점) 역시 인간의 조건 중 일부이며, 이런 사실을 받아들이고 나면 매우 만족스러운 결과를 얻게 될 것이다.

# 이미지로 끝내기

올리버 색스Oliver Sacks는 《오악사카 저널Oaxaca Journal》에서 〈목요일 Thursday〉이라는 장을 이렇게 마무리한다. 그는 자신이 여행한 계곡의 초목에 초점을 맞추고, 이 주제를 스페인의 침략과 계곡 원주민을 향한 억압의 이야기와 엮어낸다. 두 주제를 한데 묶어 스페인 사람들이 소중히 여겼고 군인들이 군복으로 입던 진한 붉은색에 대해 이야기한다. 염료의 원천은 가시 배 선인장에 서식하는 곤충인 코치닐이다. 따라서 이 장의 마지막 부분에서 "나는 내 공책에 코치닐의 붉은 얼룩이 핏빛으로 번지게 한다"라고 말하며, 선인장과 인디언들이 겪은 끔찍한 학살을 한 번에 떠올리게 한다. 자연스럽고 유기적인 흐름이다.

코치닐의 붉은 얼룩은 놀라우면서도 지우기 힘든 이미지로, 결말에서 독자가 바라는 것과 정확히 일치한다.

# 은유로 끝내기

　제이디 스미스는 경이로운 플롯을 지닌 에세이 〈모란$^{Peonies}$〉을, 다른 두 중년 여성과 함께 뉴욕의 제퍼슨 마켓 가든을 들여다보는 자신의 모습을 상상하는 것으로 시작한다. 모란을 기대했던 스미스는 튤립을 보고 실망한다. 이 10페이지 분량의 짧은 글에서 스미스는 폐경기에 가까워지는 나이의 여성으로서 자신은 '다산의 화려한 상징에 이끌린다'는 프로이트의 상징을 알고 있다고 언급하고, 여성과 창조, 변화와 죽음, 의식의 본질에 대한 생각에 빠졌다가 나보코프$^{Vladimir\ Nabokov}$와 키에르케고르$^{Soren\ Kierkegaard}$의 말을 인용하면서 꽃밭으로 되돌아온다. "그리고 이따금 저속한 봄꽃의 변종이 오랫동안 훈련되어, 자의식 높은 도심의 미학을 우회할 것이다."

　여기에서 덧붙여야 할 타당하고 중대하기까지 한 사항은, 은유가 항상, 그것도 자주 불쑥 떠오르지는 않지만 의식 밖에서도 살아남을 수 있다는 점이다. 은유가 결국 우리를 물리적 시공간 너머로 데려간다고 해도 말이다.


**일곱 번째 독자가 당신의 말을 가로막는다. "선생님은 모든 이야기에 반드시 시작과 끝이 있다고 생각합니까? 예전에는 이야기를 끝내는 방법이 딱 두 가지뿐이었어요. 남녀 주인공이 모든 시련을 극복한 뒤 결혼하거나**

죽거나 했죠. 모든 이야기가 전하려는 궁극적인 의미에는 두 가지 얼굴이 있었어요. 바로 삶의 연속성과 죽음의 불가피성이죠."

당신은 잠시 이 말을 곱씹어본다. 그리고 별안간 루드밀라와 결혼해야겠다는 생각이 든다.

-이탈로 칼비노,《겨울밤의 여행자If on a Winter's Night a Traveler》에서.

# 운명의 반전

'운명의 반전'은 추리소설에서 예상되는 반전이다. 애거서 크리스티가 자주 선보이기도 한다. 의심스러울 정도로 탐욕스럽거나 음흉해 보였던 사람이 믿을 만하고 점잖은 사람으로 밝혀진다. 비난받는 게 어울리지 않는 사람, 즉 착하고 온순해 보이던 사람이 진짜악당으로 밝혀지기도 한다. 반전은 이야기의 마지막 말이 나오기전이나 모든 플롯 요소가 해결되기 전에도 종종 발생한다. 《레미제라블》에서 주인공 장발장을 끈질기게 쫓던 경찰 자베르가 자살하던 순간이 떠오른다. 이 순간은 고통스러운 이야기의 중요한 결말이지만 이야기 전체의 끝은 아니다. 그러나 완전한 마지막이 아니라 끝날 무렵에 이 사건이 발생한 뒤, 비교적 고요하고 성찰적인 분위기에서 전체 소설의 최종 결말을 맞이하는 것이 올바른 선택으로보인다.

항상 악당이 최후를 맞도록 할 필요는 없다. 셜록 홈스의 천적인사악한 모리아티는 죽지 않고 사라진다. 그의 창조자인 아서 코난도일에게 앞으로 책에서 벌어질 갈등에 대한 선택지를 제공하는 것이다. 그러나 코난 도일의 이야기에는 대개 탐정이 풀고자 하는 미스터리인 또 다른 음모가 있으며, 이 음모에는 운명까지는 아니더라도 대체로 판단이 전혀 다르게 바뀌는 측면이 수반되곤 한다.

《리어왕King Lear》과 같은 위대한 작품에는 리어왕이 나르시시즘의 참혹한 결과를 마주할 때처럼, 운명과 판단이 모두 바뀌는 순간이 존재한다.

반전은 작품을 마무리하기에 매우 효과적인 방법이다. 아마도 우리가 열광했다가 만족하면서 깨달음을 얻고, 이 과정을 통해 유연한 사고방식을 유지하는 법을 배우기 때문일 것이다.

# 형언할 수 없음

현명한 사람이라면 쉽게 이해할 현상도 그 정의에 따라 쉽게 흔들릴 수 있다. 그 자리에 있었거나 직접 느끼거나, 아니면 그런 현상을 보았을 때 알아차려야 한다. 그래서 페데리코 가르시아 로르카는 에세이 〈두엔데의 이론과 놀이Theory and Play of the Duende〉에서 '두엔데'가 무엇인지 말하지 않는다. 그리고 마지막에 "두엔데는 어디에 있는가?"라고 물은 뒤, 우리에게 아름답고 대단히 모호한 대답을 들려준다. "텅 빈 아치를 따라 바람이 불어온다. 새로운 풍경과 미지의 악센트를 찾아 죽은 자들의 머리 위로 거침없이 부는 정신적인 바람이. 아기의 침, 으깬 풀과 해파리 막 냄새가 나는 바람이 새로 창조된 것의 끊임없는 세례를 알린다."

자신이 던진 질문에 말로 표현할 수 없는 답이 있거나 그 답이 아직 누구도 알려주지 않은 비밀인 경우, 어떻게 설명해야 할지 모르거나 밝힐 수 없음을 인정할 수 있다. 로르카의 경우처럼 답을 말로 옮기지 않고 문제 자체로 결말을 제시할 수 있다. 공백을 채우려 하지 마라. 그 자리에 없을 때조차 진실은 언제나 흥미롭다.

# 메아리

마지막에 이르렀을 때 처음에는 예상하지 못했던 주제나 이야기를 창조했을 수도 있다. 이럴 때는 작품의 앞부분으로 돌아가서 지금 무엇을 하고 있는지 알 수 있는 지점을 찾아본다. 그리고 단서와 암시, 이미지, 꿈이나 조연 같은 이야기의 또 다른 요소 등 앞으로 나올 내용을 위한 길을 마련하는 말이나 구절을 삽입해야 한다. 무엇보다 마지막까지 이 모든 것을 계속 쌓아두지 마라. 가장자리가 울퉁불퉁해지고 어수선해질 뿐이다. 더 중요한 문제는 불신이 생긴다는 점이다.

나는 편집자의 제안에 따라 집필을 마치고 《돌들의 합창Chorus of Stones》이라는 책 제목을 정한 뒤, 첫 장에 오르페우스가 노래할 때 울었던 돌을 언급하는 짧은 구절을 추가했다. 그렇게 해서 젊은 화가가 파시스트 군인들을 피해 달아나는 길목에 놓인 돌을 바라보는 마지막 장면을 해치지 않으면서도, 그 울음소리가 책 전체에 울려 퍼지는 메아리로 들리게 할 수 있었다.

**어쩌면 우리는 돌과 같은 존재인지도 모른다. 우리 자신의 역사와 세계의 역사를 내면 깊숙이 간직하고 그 역사를 노래하고 나서야 눈물을 쏟는다.**

−수잔 그리핀, 《돌들의 합창Chorus of Stones》에서.

# 애증의 감정

몇 주, 몇 달, 심지어 몇 년 동안 작품이 완성되길 기대했지만, 결승점에 가까워질수록 애증의 감정이 드는 것은 전혀 드문 일이 아니다. 결국 글쓰기 작업은 글 쓸 시간이 없는 날에도 매일같이 우리의 마음을 사로잡았다. 슬픔과 고뇌까지는 아니더라도 의미와 아름다움, 유머로 가득 찬 긴 대화를 이어나가며 한결같은 동반자가 되어주었다. 여기에 많은 작가가 공통적으로 느끼는 두려움, 즉 글이 외부 세계에서 거부당할지도 모른다는 두려움이 더해진다.

아이러니하게도 동시에 반대 방향으로 나아가 서둘러 끝내고 싶은 충동을 느끼기도 한다. 글 전체가 얼른 불행에서 벗어나기를 바라면서 끝을 향해 서둘러 달려가게 될 수도 있다.

두려움과 후회가 휘몰아치는 가운데 여전히 내면의 고요함과 집중력을 불러일으켜야 하는, 또 한 번의 감정적 난관에 부딪히게 될지도 모른다. 글을 끝내는 방식은 글을 시작하는 방식만큼이나 중요하다. 숨을 쉬어라. 집중하라. 여유를 가지되, 피할 수 없는 일을 피하지 않도록 노력하라.

# 낙오자

물론 글을 계속 써나가면서 여러 양상이나 장면, 순간이나 통찰력을 끝없이 추가할 수도 있다. 원고 또는 원고의 일부를 본 다른 사람이 새로운 제안을 할 수도 있다. 이 가운데 어떤 아이디어는 썩 괜찮을 수도 있다. "진짜로 1950년대 로맨스에 대해 글을 쓴다면 도리스 데이<sup>Doris Day</sup>와 록 허드슨<sup>Rock Hudson</sup>은 꼭 나와야 해"라고 친구가 조언할 수도 있다. 두 사람을 꼭 등장시켜야 한다면 그렇게 하되, 결말이 내 차고처럼 잡동사니로 가득하고 전혀 완결성 없어 보이길 바라지 않는다면, 적어도 마지막에는 넣지 마라.

# 나는 어떻게
## 글쓰기를 배웠는가?

스무 살이 된 후의 어느 여름, 나는 그랜트 애비뉴 꼭대기에 있는 회색 치장 벽토 건물에서 다른 두 여성과 함께 아파트를 함께 쓰는 노스 비치로 이사했다. 희곡을 쓰고 싶었기 때문에 브로드웨이 언덕 아래에 있는 극장 '더 커미티'에서 즉흥 연기를 공부하기 시작했다. 어떤 면에서 나는 여름 내내 즉흥 연기에 전념했는데, 밤이 되면 친구들과 함께 옛 친구들의 버려진 신분증을 들고 브로드웨이 반대편에서 밤마다 연주되는 재즈를 들으러 다녔기 때문이다. 그 과정에서 기대했던 것보다 글쓰기에 대해 훨씬 더 많은 것을 배웠다. 존 콜트레인John Coltrane과 오네트 콜먼Ornette Coleman, 카르멘 맥레Carmen McRae의 정교하면서도 예측할 수 없는 음악을 감상했다. 연기 수업에서는 순간에 집중하고 현재를 관찰하며 충동을 알아차리고, 그 충동을 따라 움직이라는 가르침에 귀를 기울였다. 그러면서 모든 창작물에는 감탄을 자아내는 놀라움과 독특한 아름다움이 처음부터 끝까지 계속 존재한다는 사실을 깨닫기 시작했다.

# 의식으로 끝내기

물론 짧은 의식을 말한다. 보통 "그리고 그들은 행복하게 살았습니다"와 같이 하나의 의식적인 문장이나 구절로 구성된다. 또는 "이제 제 이야기는 끝났습니다", "그리고 여기서 끝납니다" 또는 "제 이야기를 마쳤습니다"처럼 청중에게 직접 말을 건넬 수도 있다. 또는 "제가 아는 한, 그들은 지금도 그곳에 살고 있습니다"와 같이 미래를 향해 의례적으로 긍정을 표할 수도 있다. 다른 주제가 등장할 경우, "그러나 여기서 또 다른 이야기가 시작합니다"라고 할 수도 있다. 아니면 "그렇게 되었습니다"라고 긍정형으로 표현할 수도 있다. 그리고 항상 아주 짧은 "아멘"이라는 인사가 있다.

이탈로 칼비노가 수집해 다시 들려준 이탈리아 민담의 결말에 표현된 새로운 시도에서처럼, 의례적인 결말에서 독자에게 직접 말을 건네거나 인사를 할 수도 있다. "나의 작은 이야기는 여기서 끝입니다/이제 당신 차례입니다/모두 함께 이야기할 차례입니다."

그리고 여러분이 손에 들고 있는 이 책의 마지막에 인사말과 함께 결말의 예를 하나 더 소개한다. 작가 여러분, 침묵에서 소리를 끄집어내고 전에는 아무것도 없다고 믿었던 곳에서 무언가를 창조해내는 여러분께 경의를 표합니다. 부디 쭉 잘 해내시길 바랍니다.

# 감사의 글

먼저 조세핀 마일스Josephine Miles, 틸리 올슨, 고인이 되신 저명한 케이 보일Kay Boyle을 비롯한 많은 선생님들과 여러모로 나를 도와준 제자들, 특히 최근 팬데믹 기간에 앤서니 리오Anthony Rio와 함께 친절하게 먹을거리와 가끔 꽃을 가져다준 마리안 버크Marian Burke, 레베카 푸스트Rebecca Foust, 앤 폴리Ann Foley, 올리비아 시어스Olivia Sears, 엘리자베스 굴드Elizabeth Gould에게 감사를 전한다. 저스틴 샤피로Justine Shapiro는 초반 몇 장을 읽고 먹을거리를 가져다주기도 했다.

초고를 읽고 훌륭하고 통찰력 있는 편집상의 제안을 해준 엘리자베스 로스너에게 큰 감사를 표한다. 여러 장의 초고를 읽고 격려와 통찰을 아끼지 않은 니나 와이즈Nina Wise, 아니타 배로우스Anita Barrows, 낸시 셸비Nancy Shelby, 체릴린 파슨스, 아내 주디 로즈Jodi Rose와 함께 나를 위해 장을 봐준 데보라 달링거Deborah Dallinger에게도 감사한다.

초반에 의견을 제시해 준 잭 슈메이커Jack Shoemaker, 넘치도록 아주 유용한 조언을 해준 편집자 세니피 알튼Jennifer Alton, 훌륭한 프로덕션 편집자 로라 베리Laura Berry, 그리고 나를 지지하고 내게 공감해 준 에이전트 앤디 로스Andy Ross에게도 감사의 말을 전하고 싶다.

정신적, 물질적 지원으로 내가 이 시기를 이겨낼 수 있도록 도와준 모든 커뮤니티 구성원들에게도 감사하고 싶다. 특히 수잔나 다킨Susanna Dakin의 친절과 관대함에 깊은 감사를 표하는 바다. 그리고 앨리스 워커Alice Walker의 지원과 친절에도 무척 감사하다.

메리 스윅과 스티브 스윅Mary and Steve Swig, 고인이 된 보카라 르장드르Bokara Legendr, 실비아 브라운리그Sylvia Brownrigg, 도나 브룩맨Donna Brookman, 카렌 키첼Kaaren Kitchell, 레너드 피트Leonard Pitt, 대런 아로노프스키Darren Aronofsky, 짐 호지스Jim Hodges, 존 해리스John Harris, 디어드레 잉글리시, 웨인 헤르크네스Wayne Herkness 에게도 감사를 전한다.

알리와 아담 혹실드Hochschild, 마티 크래스니Marty Krasney, 조디 에반스Jodie Evans, 도나 디치Donna Deitch, 테리 젠츠Terri Jentz, 커스틴 그림스태드Kirsten Grimstad와 다이애나 굴드Diana Gould의 한결같은 친절에도 감사하고, 나를 보호해주기 위해 애쓴 데이비드 섀독David Shaddock, 마이크 클라인Mike Klein, 낸시 더프Nancy Duff, 오랜 친구들 켄 클로크Ken Cloke, 진 바론Jeanne Varon, 마이크 밀러Mike Miller, 린 헤지니안Lyn Hejinian, 그리고 시인들의 협조에도 감사드린다.

나를 지지하는 플랫폼을 제공해준 리 스웬슨Lee Swenson과 비자야 나가라잔Vijaya Nagarajan, 현명하고 실용적인 조언과 변함없는 우정을 보여준 클레어 그린스펠더Claire Greensfelder, 캐슬린 맥린Kathleen McLean과 벨리 룩스Belvie Rooks에게도 감사드린다.

하버드 래드클리프 슐리징거 도서관에 내 아카이브를 준비할 수 있도록 도와준 예술적이고 유능한 조안 미우라Joan Miura에게도 감사의 말을 전한다.

그리고 글을 쓰는 동안 수많은 방식으로 나의 행복에 기여한, 일일이 언급하기 어려울 정도로 많은 분께 깊은 감사를 전하고 싶다.

# 여백으로부터 글쓰기

**초판 1쇄 인쇄** 2024년 6월 20일
**초판 1쇄 발행** 2024년 6월 27일

**지은이** 수잔 그리핀
**옮긴이** 신예용
**펴낸이** 고영성
**책임편집** 박유진　**디자인** 이화연　**저작권** 주민숙

**펴낸곳** 주식회사 상상스퀘어
**출판등록** 2021년 4월 29일 제2021-000079호
**주소** 경기도 성남시 분당구 성남대로 52, 그랜드프라자 604호
**팩스** 02-6499-3031
**이메일** publication@sangsangsquare.com
**홈페이지** www.sangsangsquare.com

ISBN 979-11-92389-83-7 (03800)